Erich von Däniken

Die seltsame Geschichte von Xixli und Yum

Ein Tatsachen-Roman

Edition Othello

Originalausgabe
Mai 2002
5. Auflage 2005
Edition Othello

Herstellung: Renate Heydenreich
Grafische Abwicklung: Kay Emrich
Seitenumbruch: Klaus D. Vahland
Druck: Müller Satz & Repro, Grevenbroich
Printed in Germany · ISBN 3-9808280-0-X

Inhaltsverzeichnis

Die Personen

Xan Pox	Oberpriester
Yum Pox	sein Sohn
Xixli	Steinmetz-Lehrling
Peter Lange	junger Mediziner
Helga	seine Freundin
Michael	Fremdenführer
»el Profesor« mit richtigem Namen José Miguel	Sprachforscher
Professor Schaubli	Archäologe

... und einige Nebenpersonen

Das Los

Ort der Handlung: Die Maya-Stadt Chichen Itza in Zentralamerika (heutiges Mexiko).
Zeit der Handlung: Im Jahre 4441 seit Beginn des Maya-Kalenders (heute: 1317 n.Chr.).

Alle Stimmen verstummten, als Xan Pox, der älteste der Priester, in die Steintruhe griff. Selbst die Kleinen, die sonst immer herumtollten, taten wie die Erwachsenen. Sie knieten schweigend nieder und starrten verständnislos zur kleinen Pyramide, auf der sich das Ritual abspielte. Die Pyramide hatte nur dreizehn Stufen und endete dann in einer Plattform, auf welcher Xan Pox mit seinen 52 Priestern stand. Unten, auf dem Platz, knieten an die 8000 Menschen, alle geordnet nach ihren Großfamilien, den sogenannten <Clan>. Die Älteren kauten an einem Stück Bambusrinde oder bissen verlegen auf ihre Lippen. Sie hatten die Zeremonie schon einmal erlebt und wußten, was gleich kommen würde: Der alte Xan Pox würde zwei Holzstäbchen aus der Steintruhe ziehen und 26 Tage später müßten zwei Jünglinge sterben. Geopfert für die gefiederte Schlange, den unermeßlichen Gott Kukulkan.

Wen würde es diesmal treffen? Welche Familien müßten einen gesunden, 13jährigen Sohn hergeben, damit er in das runde Wasserloch gestoßen und dort elendiglich ertrinken würde? Der Teich lag in einem tiefen Felsenloch, die Wände waren glatt, man konnte sich nirgendwo festklammern. Und selbst wer es versuchte, hatte keine Chance. Über dem Loch schwebten nämlich giftige Gase, welche die armen Opfer erstarren ließen. Die Älteren sagten, der Tod im Opferteich sei angenehm, weil Gott Kukulkan durch seinen Atem die Sinne der Opfer verneble, so daß sie den Tod nicht spürten.

Der Platz, auf dem die 8000 Männer, Frauen, Jugendliche und Kinder knieten, war rechteckig und von mehreren kleinen, abgeflachten Pyramiden umrahmt. In der Mitte des Platzes erhob sich die große Pyramide von Kukulkan. Sie war gewaltig und wunderbar anzusehen. Sie bestand aus neun übereinanderliegenden Plattformen, die nach oben hin immer kleiner wurden. Auf der obersten Plattform ruhte der Empfangstempel für Gott Kukulkan. Hier in luftiger Höhe erwarteten ihn die Priester, die sich Tag und Nacht ablösten, um die Ankunft von Kukulkan nicht zu verpassen. In der Mitte jeder Pyramidenfläche verlief eine steile Treppe aus je 91 Stufen zur obersten Plattform. Jede dieser Treppen leuchtete in einer der Farben der vier Weltgegenden: gelb, rot, weiß und schwarz. Am Treppenrand, von der Pyramidenspitze bis zum Boden, wand sich eine riesige, steinerne Schlange. Im Gegensatz zu gewöhnlichen Schlangen mit ihrer Schuppenhaut war diese mit Federn verziert. Sie war das Symbol des Gottes Kukulkan – die gefiederte Schlange.

Xan Pox griff mit der linken Hand in die Steintruhe. Dann betete er laut und mit rauchiger Stimme:

„Großer Kukulkan. Nimm dir zwei Jünglinge, wie du es bei unseren Vorvätern getan hast. Wir bitten dich um deine Hilfe. Schicke uns die Jünglinge mit deinen Botschaften zurück."

Dann schnellte seine Hand empor. Zwischen zwei Finger klemmte er das Holzstäbchen, und hielt es für alle gut sichtbar in die Höhe. Es befanden sich insgesamt 52 Holzstäbchen in der Truhe. Jedes war exakt gleich groß, lang und schwer. Doch jedes Stäbchen trug eine andere Farbkombination – 52 verschiedenfarbige Striche, die den 52 Farben der Großfamilien entsprachen. Die Familien, auf welche das Los traf, mußten jeweils denjenigen ihrer Jungen zum Opfer hergeben, der dem 13. Geburtstag am nächsten kam.

Die Menge murmelte. Alle erkannten die Farben der Großfamilie der Moka. Irgendwo im Gewimmel der Menschen begann eine Frau hysterisch zu schreien. Immer wieder schrie sie „Xixli! Xixli!" Andere Frauen in hellbraunen Tüchern umringten sie, redeten beruhigend auf sie ein.

Oben, auf der Plattform der Stumpfpyramide, verlangte Xan Pox durch eine gebieterische Handbewegung Ruhe. Wieder griff er in die Steintruhe, wieder sprach er sein Gebet, wieder schnellte seine Hand mit einem Holzstäbchen in die Höhe. Ein Raunen hub an, alles redete durcheinander, die Novizen, das sind die Priesterschüler, die auf der untersten Stufe der Pyramide standen, begannen einen Freudentanz. Xan Pox, der alte Priester, blickte auf das Stäbchen zwischen seinen Fingern und erstarrte. Es waren die Farben seines eigenen Clans! Sein Gesicht wurde grau. Er umklammerte das Stäbchen mit der Faust, als ob er es in die Wipfel der Urwaldbäume schleudern wollte. Tiefe Furchen zeichneten seine Wangen. Xan Pox wußte, daß das Los seinen eigenen Sohn Yum getroffen hatte, der vor vier Tagen 13jährig geworden war.

Yum Pox, das zweite Opfer, stand mit den anderen Priesterschülern auf der untersten Stufe der feuerrot angemalten Kleinpyramide, auf der die Zeremonie stattfand. Auf jeder Pyramidenseite waren 13 Novizen postiert, und vor ihnen auf der dritten Pyramidenstufe lagen große Stücke von ausgehöhlten Baumstämmen. Alle Priesterschüler waren gleich gekleidet. Sie trugen kurze, hellbraune Lendenschürzen aus Leder, die mit vierfarbigen Streifen verziert waren. Ein Gürtel aus Pflanzenfasern hielt die Schürze. Die Brust war nackt, doch jeder Novize hatte zwischen der linken Schulter und der Brustwarze eine gefiederte Schlange in blauer Farbe eintätowiert. Das Zeichen von Kukulkan.

Nachdem das zweite Los gezogen war, drehten sich alle 52 Novizen wie auf ein stilles Kommando den Pyramidenstufen zu. Im gleichmäßigen Takt begannen sie, mit Holzstöcken auf die ausgehöhlten Baumstämme zu schlagen. Der Rhythmus wurde härter, die Schlagreihenfolge schneller. Majestätisch schritt Xan Pox die Stufen hinunter. Auf der zweituntersten Stiege blieb er kurz stehen und blickte seinem Sohn Yum geradewegs in die Augen. Der schaute nur kurz auf, nickte dem Vater zu und hämmerte mit den anderen rythmisch auf den Baumstamm vor ihm.

Der Plan

Die beiden Jünglinge, die als Opfergabe auserkoren waren, kannten sich kaum. Xixli aus dem Clan der Moka lernte Steinmetz wie sein Vater. Yum aus dem Clan der Pox war Priesterschüler im dritten Jahr. Die Arbeiter und die Priesterfamilien begegneten sich nur als Kinder in der gemeinsamen Schule. Die dauerte bis zum zehnten Lebensjahr, dann trennten sich ihre Wege. Man entschied sich für einen Beruf – Steinmetz, Schnitzer, Zeichner, Schreiner, Straßenbauer, Steinbrecher, Ackerbauer, Holzfäller, Jäger oder eben: Priester, waren die gängigen Berufe. Zur Priesterschule wurden jedes Jahr nur 52 Novizen zugelassen, aus jedem Clan einer. Die Zahl Zweiundfünfzig und ihre Unterteilungen oder ihre Vielfachen waren die heiligen Chiffren von Gott Kukulkan. Deshalb hatten auf jeder Seite der kleinen Zeremonialpyramide 13 Novizen gestanden: 4 x 13 ergab 52. Deshalb auch bestanden die vier Stiegen auf der großen Pyramide des Kukulkan aus jeweils 91 Stufen. 7 x 13 ergab 91. Alle Stufen der Pyramide zusammen ergaben zudem die Tage eines Jahres. Nämlich vier Stiegen zu 91 Stufen = 364, dazu die oberste Plattform mit dem Tempel des Kukulkan = 365 Tage.

Xixli aus dem Clan der Moka war ein kräftiger, gut gebauter Bursche mit einem liebenswerten Gemüt. Bereits nach dreijähriger Schulung beherrschte er den Steinmeißel und den Holzhammer hervorragend. Man ließ die jungen Steinmetze die Grobarbeit an den Skulpturen ausführen, während die erfahrenen Männer alle Feinheiten ausarbeiteten. Bei den Grobarbeiten entstanden nur die allgemeinen Umrisse, ein falscher Hammerschlag konnte meistens korrigiert werden. Bei der Feinarbeit hingegen ging es darum, Gesichtszüge, Nasen, Lippen, Hände etc. plastisch entstehen zu lassen. Da konnte ein falscher Meißelschlag die Skulptur oder das ganze Relief zerstören.

In seiner Freizeit war Xixli einer der besten *Pok-a-tok-Spieler* der Jungmannschaft. *Pok-a-tok* war ein Ballspiel, das mit einer Kugel aus Vollgummi gespielt wurde. Im Gegensatz zu unserem Fußball, wo der Ball mit den Füßen gespielt wird, und man ihn auch mit den Schenkeln, den Knöcheln, dem Kopf und der Brust berühren darf, war bei *Pok-a-tok* alles anders. Die Kugel durfte weder mit den Füßen noch mit den Händen berührt werden. Sie mußte durch reaktionsschnelle Körperbewegungen aus der Hüfte, mit den Ellbogen, den Knien, dem Körper oder auch dem Kopf weiterbefördert werden. Im Hechtsprung warfen sich die Spieler der Kugel entgegen, schlugen sie mit Schultern, Armen und anderen Körperteilen weiter – nur nie mit Händen oder Füßen. Das Spiel wurde auf einem Feld ausgetragen, das von zwei senkrechten Seitenwänden eingefaßt war. An jeder Wand in vier Meter Höhe war ein Steinring, fest in die Wand eingemauert. Ziel des Spieles war es, die Vollgummikugel durch diesen Ring zu befördern und gleichzeitig zu verhindern, daß dies der gegnerischen Mannschaft gelang. Minuspunkte bekam auch, wer den Ball mit Händen oder Füßen berührte, oder wenn die Kugel auf den Boden tupfte. Insgesamt ein ungeheuer schnelles und kraftraubendes Spiel, denn es dauerte 52 Zeiteinheiten. Ohne Pause.

Die Jüngeren spielten mit einer Kugel von einem Pfund Gewicht. Bei den Erwachsenen wog der Vollgummiball bereits zwei Kilo. Da brachen leicht Nasenbeine und Knochen, wenn die Kugel falsch abgefangen wurde.

Xixli galt als hervorragender Spieler und dazu war er sehr fair. Er kannte keine Mätzchen oder versteckte Fouls. Man spielte in Lederbandagen, die an den kritischen Körperstellen mit Stroh ausstaffiert waren. Dies verhinderte die schlimmsten Muskelprellungen und Knochenbrüche. Selbst der Kopf war durch einen gepolsterten Helm aus Schilden der Schildkröte geschützt. Nach zwei Mondumläufen hätte Xixli Mannschaftsführer der Jugendmannschaft werden sollen. Nun war alles vorbei. Das Los hatte Xixli als Opfergabe bestimmt.

<Chichen vieja>, das <alte> Chichen. Hier lernt Xixli Steinmetz.

Xixli wußte, daß er nicht davonlaufen konnte. Sie hätten ihn überall aufgegriffen. Auch die anderen Stämme ringsum hätten den Ausreißer wieder zurückgebracht. Und wenn das Opfer innerhalb von 26 Tagen nicht vollzogen werden konnte, bedeutete dies eine schreckliche Schande und Schmach für den ganzen Clan. Für alles, was schief ging, für jede schlechte Ernte, jeden Todesfall, jedes Unwetter hätten die anderen Großfamilien den Clan der Moka schuldig gemacht. Man sagte dann, Gott Kukulkan zürne, strafe und züchtige die Menschen, weil er sein Opfer nicht erhalten habe. Xixli wußte all dies, er kannte seine Ohnmacht, und doch zerbrach er sich ununterbrochen das Gehirn, wie er dem Opfertod entgehen könnte.

Seitdem das Los auf ihn gefallen war, behandelten ihn alle Stammesangehörigen mit Respekt und Würde. Die Frauen verwöhnten ihn und steckten ihm heimlich Kakaobohnen zu. In der Welt von Xixli galt die Kakaobohne als höchster Genuß. Xixli bedankte sich jeweils liebenswürdig. Er wußte, daß alle Mitleid mit ihm hatten und ihm dennoch keiner helfen konnte. Bereits waren vier Tage seit der Verlosung verstrichen. Ihm blieben noch 22 Tage bis zum Opfertod. Konnte er denn wirklich nichts gegen sein Schicksal tun? Xixli wollte leben. Er wollte weiter Ballkämpfe bestreiten und wunderbare Skulpturen aus dem Stein meißeln. Er wollte weiter mit seinen Freunden herumspielen und mit ihnen um die Wette rennen. Warum nur sollte er in diesem trüben, stinkigen Teich elendiglich ertrinken? Wütend schlug Xixli mit dem großen Holzhammer auf das Werkstück vor ihm. Der Stein zersplitterte in drei Teile. Erst jetzt begriff Xixli, was er angerichtet hatte. Aus der Skulptur vor ihm hätte ein großes Kalenderrad werden sollen. Viele Steinmetze hatten bereits wochenlang daran gearbeitet. Nun lag das mächtige Rad in drei Teilen zerbrochen am Boden. Ausgerechnet Xixli mußte das passieren! Zweiundzwanzig Tage vor dem Tag der Opferung. Verzweifelt starrte Xixli auf die drei zerbrochenen Teile. In ohnmächtiger Wut schlug er mit dem Hammer immer wieder auf die Trümmer. Die drei Teile zersplitterten in viele kleine Brocken. „Mist-Kalender!“ schimpfte er laut vor sich hin. „Du jämmerlicher Steinbrocken!“ tobte er und hämmerte immer wieder darauf los, bis aus dem ursprünglichen Kalenderrad ein ungeordneter Haufen von kleinen Bruchstücken geworden war. Xixli wußte, daß er einen schweren Frevel beging. Es war strikt verboten, irgendwelche Skulpturen mutwillig zu zerstören. Doch was sollten sie ihm deswegen antun? In zweiundzwanzig Tagen mußte er ohnehin sterben. Zudem hockte er alleine auf dem kleinen, einbeinigen Holzschemel. Weit und breit war kein anderer Steinmetz zu sehen. Sie waren alle weggerufen worden, um beim Transport eines kolossalen Blockes mitzuhelfen, der von der Küste ins Landesinnere verlegt werden mußte.

Ohnmächtig vor innerer Wut stützte Xixli das Gesicht in seine Hände und begann hemmungslos zu schluchzen. Es dauerte eine halbe Zeiteinheit, bis er sich beruhigte und aufblickte. – Direkt vor ihm stand Yum, der Priesterjunge, der mit ihm geopfert werden würde.

‚Welche Schande!' dachte Xixli und hätte sich am liebsten verkrochen. ‚Der Priesterjunge muß beobachtet haben, wie ich heulte. Wahrscheinlich hat er auch gesehen, wie ich das Kalenderrad absichtlich zerschlug. Er wird mich anzeigen und verachten.'

Zerknirscht blickte Xixli zu Boden. Da kniete der Priesterjunge neben ihn und ergriff seine Hände.

„Hab keine Angst", flüsterte er, „ich sage niemandem etwas." Und dann, nach einiger Zeit des Schweigens, meinte Yum freundschaftlich: „Ich fühle genauso wie du. Ich will nicht sterben!"

Verblüfft blickte Xixli in die Augen seines Leidensgenossen:

„*Du* hast Angst vor dem Sterben? Du bist doch Novize, und ich dachte, ihr freut euch alle auf den Tod für Gott Kukulkan!"

Yum hielt immer noch die rauhen Hände von Xixli:

„Es ist nicht die Angst vor dem Tod, die mich beschäftigt. Es ist die Ungewißheit darüber, ob unser Opfertod das Richtige sei. Ob es überhaupt Sinn macht, für Gott Kukulkan zu sterben."

Xixli sprang auf, stieß den Hocker beiseite:

„Und das sagst *du* mir, der Sohn des obersten Priesters? Was können wir denn gegen unsere Opferung tun? Nichts! Und davonlaufen können wir auch nicht! Wozu überhaupt dieses Menschenopfer? Erkläre es mir!"

Die beiden Jungen setzten sich auf einen großen Gesteinsbrocken, der unbearbeitet am Boden lag. Yum war schmächtiger im Körperbau als Xixli. Beide hatten kurzgeschnittenes, rabenschwarzes Haar und die hellbraune Hautfarbe des Stammes. Beide waren barfuß und beide trugen eine kurze Schürze. Xixli die graue, vom Gesteinsstaub durchzogene Schürze der Steinmetze, und Yum die braune Lederschürze mit den vierfarbigen Streifen der Novizen. Die Oberkörper waren nackt, nur trug Yum oberhalb der linken Brustwarze die hellblaue Tätowierung der gefiederten Schlange. Mit leiser und eindringlicher Stimme erzählte Yum:

„Vor langer, langer Zeit, als es unsere Stämme noch nicht gab und unsere Vorfahren noch in kleinen Horden im Wald und an der Küste lebten, bebte an einem frühen Vormittag die Erde. Ein schrecklicher Lärm, wie das Donnern vieler Wasser, erhob sich, und ein Sturmwind brauste über die Wipfel, wie Menschen ihn noch nie erlebt hatten. Verängstigt krochen die Familien in Erdlöcher und Höhlen. Sie verstanden die Welt nicht mehr, denn trotz des fürchterlichen Lärms und des heftigen Windes waren nur wenige Wolken am Firmament, und es regnete nicht, noch donnerte oder blitzte es. Dann beobachteten unsere Vorfahren ein Zeichen am Himmel. Es sah aus wie eine weiße Wolkenschlange mit einem silbrig glänzenden Kopf und einem mächtigen Feuerschweif am Ende. Der Lärm und das Beben wurden unerträglich. Zitternd hielten sich unsere Vorväter die Ohren zu. Da bemerkten sie, wie sich der silbrige Kopf der weißen Schlange wendete, und der Feuerschweif gegen die Erde zeigte. Langsam und mit noch mehr Krach als zuvor senkte sich der Schlangenkopf auf die Lichtung, wo heute die große Kukulkan-Pyramide steht. Plötzlich wurde es still, auch der Wind legte sich, und auf der Lichtung stand etwas Glitzerndes. Es war so hoch wie ein Kautschukbaum und hatte viele Ausbuchtungen in verschiedenen Farben. Auch ragten überall seltsame Zweige aus dem Gebilde ..."

„Woher weißt du das alles?" unterbrach Xixli.

„Wir lernen es im ersten Monat der Priesterschule. Es ist die uralte Überlieferung von der Niederkunft des Gottes Kukulkan. Unsere Vorfahren haben das Erlebnis sogar in die Wände der heiligen Felsgrotten von Ko-ha geritzt. An diesem Tag auch begann die Zählung unseres Kalenders, es ist 4441 Jahre her, seit dies geschah."

„Und was hat das alles mit unserem Opfertod zu tun?" drängte Xixli.

Yum steckte sich eine Scheibe Palmmark in den Mund, bevor er fortfuhr:

„Nachdem es still geworden war und das seltsame Ding auf der Lichtung stand, öffnete sich eine große Türe und Gott

Kukulkan schritt mit drei Gefährten heraus. Sie standen auf etwas Glänzendem, das leuchtete wie die Schuppen eines großen Fisches. Jeder trug einen Kasten in den Händen, und jeder schritt zu einem anderen Ende der Lichtung. Dort legten sie den Kasten auf den Erdboden und gingen wieder in ihr seltsames Ding zurück. Wie von Geisterhand schloß sich die Türe und alles blieb still. Erst als die Nacht hereinbrach trauten sich unsere Vorfahren an den Rand der Lichtung. Die vier Kästen waren offen und darin lagen wunderbare Geschenke: Große Perlen, wie unsere Taucher sie nie gefunden hatten, verschiedene, unzerreißbare Schnüre und Messer aus einem Material, das härter war als Feuerstein. Unsere Alten nahmen die Geschenke des Himmels an und legten wunderbare Holzschnitzereien, doch auch Kakaobohnen und gereinigten Kautschuk in die Kästen. Als der nächste Morgen graute, trat Gott Kukulkan mit seinen drei Gefährten wieder aus dem seltsamen Ding und nahm unsere Geschenke an sich. Erneut legten sie Perlen, Schnüre und Messer in die Kästen und wiederum tauschten unsere Alten die Gegenstände gegen Holzschnitzereien, Kakao und Kautschuk. Nach drei Tagen schlossen Kukulkan und seine Gefährten das Tor an dem seltsamen Ding nicht mehr. Es blieb immer offen und Kukulkan legte sich mit den Seinen auf den Boden der Lichtung."

„Wie sahen die Götter aus?" erkundigte sich Xixli aufgeregt.

„Keiner der Vorfahren hat ihren Körper gesehen. Sie trugen stets eine glitzernde Rüstung, an der unverständliche Gegenstände baumelten. Unsere Alten glaubten, die Götter seien hungrig. Deshalb legten sie große Früchte und gebratenen Fisch in ihre Nähe. Doch Kukulkan und seine Gefährten nahmen keinerlei Nahrung zu sich. Sie trugen alle Speisen wieder zurück an den Rand der Lichtung. Nun dachten unsere Vorfahren, die Götter möchten unterhalten werden. Deshalb bildeten sie einen Kreis um das Ding, bliesen die Flöten und schlugen die Holztrommeln. Das schien den

Göttern zu gefallen, denn plötzlich erklang aus ihrem seltsamen Ding Himmelsmusik, wie kein menschliches Ohr sie je vernommen hatte. Die Musik war lieblich und sanft und unsere Vorfahren verstanden nicht, wie sie zustande kam."

Yum machte eine Pause und bot seinem neuen Kameraden eine Scheibe Palmmark an. Xixli wußte nicht, was er sagen sollte. Die Geschichte, die er hörte, verwirrte und betäubte ihn. Insbesondere verstand Xixli nicht, was das alles mit ihrem Opfertod zu tun hatte. Ruhig und mit überzeugender Stimme fuhr Yum in seiner Erzählung weiter:

„Bald fürchteten sich unsere Vorfahren nicht mehr vor Kukulkan und seinen Gefährten. Neugierig betasteten sie die Götter und auch das komische Ding, das immer noch auf der Lichtung stand. Kukulkan und seine Gefährten lachten viel und steckten den Kindern Speisen in den Mund, die süß wie Honig schmeckten.

Nach einigen Tagen deutete Kukulkan auf einen großgewachsenen Jüngling und machte ihm durch Zeichen klar, er möge mit ihm in das Ding steigen. Chilam-Balam hieß der Jüngling, und er war der erste Mensch, der in das unaussprechliche Ding kletterte. Am Abend kam er wieder heraus und machte ein sehr ernstes Gesicht. Er sagte den Stämmen, Kukulkan und seine Gefährten wünschten sich jeder zwei Jünglinge, nicht älter als dreizehn Jahre. Sie würden die Jünglinge in wunderbaren Angelegenheiten unterweisen und gesund zurückbringen. Die Alten hatten großes Vertrauen in Kukulkan, denn er hatte niemandem etwas Böses angetan. Also versammelten sich alle 13jährigen Jünglinge auf dem Platz, und Kukulkan suchte sich zwei aus, die mit ihm das kuriose Ding bestiegen. Auch Kukulkans Gefährten suchten sich jeder zwei Jünglinge aus. Es waren insgesamt acht, nämlich Chilam-Balam, Xupan, Nautat, Chimalpopoca, Chumayel, Balamquitze, Balamacab und Mahucutah. Zwei Abende später stieg Chilam-Balam nochmals aus dem unaussprechlichen Ding und sagte den Familien, das Ding sei ein <Himmelsschiff>, und es würde bei Sonnenuntergang zum

Mond fliegen. Er schärfte ihnen ein, sie sollten sich alle in die Höhlen verkriechen, damit sie keinen Schaden nähmen. Sie müßten sich nicht fürchten, denn alle acht Jünglinge würden wohlbehalten zurückkehren."

Atemlos hörte Xixli zu. Er fühlte die Nähe der Wahrheit, spürte, daß er den Grund für ihren Opfertod gleich erfahren würde. Yum deutete zur Abendsonne, die in einem Lichterbrei hinter den Urwaldstämmen versank.

„Die Familien taten wie geheißen. Die Mutigsten beobachteten, wie sich die Türe zum <Himmelsschiff> schloß. Auch verschwanden plötzlich viele der <Äste>, die aus der Haut des <Himmelsschiffes> herausragten. Dann entstand ein ungeheuerliches Beben. Entsetzt flüchteten die Tiere in alle Richtungen. Die Menschen in ihren Höhlen umarmten sich, andere preßten die Hände auf die Ohren. Nur die Tapfersten sahen, wie ein gewaltiger Feuerschweif, anzusehen wie glühende Kohlen, aus dem <Himmelsschiff> entströmte. Büsche flogen durch die Luft und kleine Bäume wurden entwurzelt. Dann stieg es über die Lichtung, wurde klein wie eine silberglänzende Schlange, noch kleiner wie ein Vogel, dann wie ein Läuseei, und schließlich sahen es die Menschen nicht mehr.

Die Familien rückten zusammen, man lebte jetzt gemeinsam. Die ersten Großfamilien entstanden. Die Mütter bangten um ihre entschwundenen Söhne und die Alten glaubten den Worten von Kukulkan. Nach zweiundfünfzig Jahren, viele der Alten waren längst gestorben, entstand wieder dieser Lärm über den kleinen Wolken. Er wuchs zum ohrenbetäubenden Getöse. Dann zeigte sich die Himmelsschlange am Firmament. Geistesgegenwärtig trieben die Väter ihre Familien in die Erdlöcher und Höhlen. Das <Himmelsschiff> von Kukulkan senkte sich auf die Lichtung. Als der Lärm verebbte, öffnete sich wieder die Türe und diese glänzende Zunge, die aussah wie Fischschuppen, kam aus dem <Himmelsschiff> heraus und neigte sich der Erde zu. Der Reihe nach schritten sie hernieder: Chilam-Balam, Xupan,

Nautat, Chimalpopoca, Chumayel, Balamquitze, Balamacab und Mahucutah. Sie waren zwar auch älter geworden und keine Jünglinge mehr, dennoch aber sahen sie viel jünger aus als ihre gleichaltrigen Brüder. Sie trugen seltsame Gewänder in vier Farben, und ihre Köpfe waren durch dunkle Helme geschützt, ganz ähnlich den Helmen aus den Schildkrötenpanzern, die ihr beim Ballspiel benutzt. Und auf der linken Brust, oberhalb der Brustwarze, trug jeder das blaue Zeichen der gefiederten Schlange. Das Zeichen war nicht in ihre Haut tätowiert, wie wir es heute tun, sondern es leuchtete von ihrem matt glänzenden Gewande."

„Also hat Kukulkan sein Wort gehalten und die Jünglinge wieder zurückgebracht", sagte Xixli mit angehaltenem Atem. „Was ist aus ihnen geworden und weshalb sollen wir den Opfertod sterben?"

„Sachte", beruhigte Yum. „Die acht Jünglinge, die nun zu Männern herangewachsen waren, hatten von Kukulkan und seinen Gefährten viel gelernt. Sie wußten alles über den Kalender, die Sterne, die Zahlen und Zeiten. Sie sprachen auch die Sprache der Himmelsbewohner. Sie unterwiesen die Stämme in allen Handwerkskünsten. Sie lehrten einigen die Schrift, wie die oberen Priester sie heute noch schreiben und lesen. Sie brachten Samen von neuen Ackerfrüchten mit und erklärten den Stämmen den Ackerbau. Später nahmen sie sich Weiber und gründeten den Clan der Priesterschaft. Und weil sie 52 Jahre mit Kukulkan im <Himmelsschiff> gewesen waren, wählten sie 52 Jünglinge aus, die ganz besondere Schulen besuchen mußten. Aus diesen 52 wurden die ersten Anführer der 52 Clans. Die ursprünglichen acht sagten übrigens, sie seien mit dem <Himmelsschiff> von Kukulkan auf dem Mond und auf anderen Welten gewesen. Mond und Erde seien Kugeln. Der Mond drehe sich um die Erde und die Erde um die Sonne. Sie hätten die Erde dreizehnmal umrundet, bevor sie wieder auf unserer Lichtung herniedergingen."

Yum schwieg. Auch Xixli hing seinen Gedanken nach. Die Sonne war verschwunden, von den Hütten wehte die würzige Luft von angebratenen Maisfladen herüber. Grillen zirpten und irgendwo in den Bäumen brüllten Affen. Xixli hatte alles begriffen, was Yum erzählte. Er verstand zwar nicht, wie Kukulkan mit einem <Himmelsschiff> die Erde umrunden konnte, aber das mußte er auch nicht verstehen. Götter vollbrachten eben Unmögliches. Bloß das Wichtigste blieb unklar: Weshalb sollten sie für Gott Kukulkan den Opfertod sterben? Yum ahnte die Gedanken von Xixli:

„Eines Nachts entstand ein gewaltiges Feuer am Himmel, und riesige Steine fielen auf die Erde. Chilam-Balam erklärte den 52, bei den Steinen handle es sich um <Meteoriten>, das seien Bruchstücke von auseinandergeborstenen Welten. Denn überall dort draußen, wo wir nachts die Sterne sehen, seien in Wirklichkeit andere Welten. Einer der glühenden Steine bohrte sich dort drüben in den Boden, genau dort, wo heute der heilige Teich liegt. Der glühende Stein schlug das Loch des Teiches in den Boden. Dies ist auch der Grund, weshalb unsere Stadt <Chichen Itza> heißt. <Chi> bedeutet: nahe bei, und <chen> heißt: Brunnen. So bedeutet <Chichen Itza> nichts anderes als <nahe beim Brunnen der Itza>.

Viele Monde lang qualmte es aus dem Loch, als ob dort unten ein Feuer wäre. Doch langsam sickerte von den Seitenwänden Wasser in den neuen Teich hinein und erstickte das Feuer. Da tauchten plötzlich Kukulkan und seine Gefährten am Himmel auf. Sie kamen nicht mit dem großen <Himmelsschiff>, sondern mit kleinen <Feuerwagen>, auf denen sie ritten wie auf einem lebendigen Stuhl. Chilam-Balam und die anderen Priester freuten sich sehr über den Besuch von Kukulkan. Sie verstanden sich in der Sprache der Götter.

Dann trat Chilam-Balam vor das Volk, Gott Kukulkan in seiner glitzernden Rüstung stand neben ihm. Es war ein gewaltiger Anblick. Chilam-Balam verkündete, in dem Loch befinde sich etwas aus dem Himmel, das Kukulkan gehöre. Er bat zwei tapfere Schwimmer, sich freiwillig zu melden, um in das Loch hinabzutauchen. Sie sollten ein kleines Kästchen mitnehmen und es am Grunde des Teiches aufrecht hinstellen. Viele Jünglinge meldeten sich, denn alle wollten Kukulkans Diener sein. Doch Kukulkan wählte nur zwei. Es waren muskulöse Burschen und gute Schwimmer. Chilam-Balam übergab jedem ein Kästchen, in denen eine <innere Kraft> wohnte. Dann versammelte sich das Volk um den Teich. Auch Kukulkan und seine Gefährten waren dabei. Die beiden Jünglinge sprangen ins Wasser, winkten noch einmal mit den Kästchen in der Hand und tauchten dann unter. Als sie nach einer Zeiteinheit nicht wieder hervorkamen, entstand große Unruhe bei Kukulkan und seinen Gefährten. Da eilte Kukulkan zu seinem <Feuerwagen> und schwebte mit ihm direkt über den Teich. In seiner Rüstung ließ er sich an einer unzerreißbaren Schnur in den Teich hinunter. Der <Feuerwagen> blieb über dem Teich schweben. Auf einmal kam Kukulkan wieder an die Oberfläche, jede seiner Handschuhe umklammerte den leblosen Körper eines Jünglings. Das ganze Volk war traurig, denn es dachte, die Jünglinge seien ertrunken.

Kukulkan stellte seinen <Feuerwagen> auf die Lichtung und einer der Gefährten von Kukulkan machte sich an den leblosen Körpern zu schaffen. Wir wissen nicht, welche göttliche Macht er einsetzte, doch plötzlich schlugen die Burschen ihre Augen wieder auf.

Jetzt entstand ein riesiger Jubel. Alle lobten und priesen Kukulkan und seine Gefährten. Das Volk sang und spielte drei Tage lang vor Freude. Alle hatten gesehen, dass Gott Kukulkan und seine Gefährten sogar den Tod überwinden konnten."

Nachdenklich fragte Xixli: „Hast du das alles in der Priesterschule gelernt?"

„Das und noch viel mehr. In den ersten zwei Jahren unserer Schule erfahren wir viel über die alten Geschichten, die Heldentaten unserer Vorfahren und die geheimnisvollen Handlungen der Götter. Die Priester sagen, es sei der Befehl der Götter gewesen, dieses Wissen niemals zu vergessen. Wir sollen es von Generation zu Generation weitergeben. Deshalb haben die Schreibkundigen alle alten Geschichten in ihren Büchern aufgezeichnet, damit die Völker der Zukunft sich immer erinnern, wer Kukulkan und seine Gefährten waren, und wieviel Gutes und Nützliches wir ihnen verdanken."

„Wenn ich das alles, was du mir berichtet hast, in meinem Kopf zusammenzähle, waren Kukulkan und seine Gefährten gute und hilfreiche Götter. Keiner unserer Vorfahren ist getötet worden. Weshalb also sollen wir beide in 22 Tagen ertränkt werden?"

Yum machte ein nachdenkliches Gesicht:

„Genau das ist es, was mich beschäftigt – und auch meinen Vater!"

„*Deinen* Vater?" warf Xixli etwas schnippisch dazwischen. „Dein Vater ist es doch, der die Lose gezogen hat und der uns in den Tod schickt! Er müßte doch nur ein Machtwort sprechen und das Opfer verhindern!"

„Du verstehst das nicht richtig", beschwichtigte Yum. „Mein Vater ist zwar der älteste Priester, aber er ist kein Befehlshaber. Der Rat der obersten Priester besteht aus 13 Männern, und was die Mehrheit der dreizehn beschließt, muß getan werden."

Heftig fuhr der hellwache Xixli dazwischen:

„Aber alle dreizehn wissen doch auch, daß Kukulkan niemals einen Menschen getötet hat. Wozu soll denn unser Tod gut sein?"

Yum wußte trotz seiner 13 Jahre sehr viel. Er verfügte über ein ausgezeichnetes Gedächtnis und war der zweitbeste Priesterschüler. Damals war man mit 13 Jahren kein Kind mehr. Schon ab dem 10. Lebensjahr galten die Buben und Mädels als «Jung-Erwachsene», die alle eigene Aufgaben und eigene Verantwortung übernehmen mußten. Bereits mit 40 Jahren war man Großvater. Jetzt zeichnete Yum mit einem kleinen Holzstab einen Kreis auf den Boden und antwortete:

„Laß mich erzählen, wie es zu dem Opfertod kam. Nachdem Kukulkan die zwei Taucher aus dem Teich gezogen und wieder lebendig gemacht hatte, feierte das Volk drei Tage lang. Kukulkan und seine Gefährten schwebten mit ihren <Feuerwagen> immer wieder über dem runden Teich, als würden sie etwas suchen. Dann baten sie die beiden Schwimmer, nochmals in den Teich hinabzutauchen und an der Seitenwand ein kleines Kästchen zu befestigen. Damit den Tauchern kein Leid geschah, wurden sie an unzerreißbaren Schnüren festgebunden, an denen man sie jederzeit hochziehen konnte. Zudem gab ihnen Kukulkan zwei kleine, gelbe Röhrchen, die sie in die Nasenlöcher stopfen mußten. Durch diese Röhrchen konnten sie auch unter Wasser atmen, solange sie den Mund nicht aufmachten. Voller Stolz und vor den Augen des Volkes tauchten die beiden Schwimmer in den Teich. Als sie nach vier Zeiteinheiten wieder an die Oberfläche kamen, lachten sie und waren völlig gesund. Die Kästchen hatten sie in zwei Nischen der Seitenwand gelegt. Chilam-Balam befahl dem Volk, vom Teich wegzugehen, weil gleich die Erde beben würde. Und so geschah es. Plötzlich gab es einen lauten Knall und das Wasser schäumte und spritzte bis zu den Baumwipfeln. Kukulkan und seine Gefährten bestiegen ihre <Feuerwagen> und schwebten zehn Baumlängen vom Teich entfernt über den Baumkronen. Dann ließen sie ihre unzerreißbaren Schnüre auf die Erde und zogen ein plumpes, unförmiges Gebilde hoch, das vorher nicht dagewesen war. Später versenkten sie einen Kasten im Erdreich. Nach einem weiteren Tag kam das große <Himmelsschiff> und verspeiste das plumpe Gebilde. Kukulkan und seine Gefährten verabschiedeten sich von Chilam-Balam und allen anderen. Kukulkan versprach, in einer späteren Zeit wieder zurückzukehren, und er ermahnte die Priester, die Gebote zu halten und die alten Geschichten niemals zu vergessen. Dann entschwand das <Himmelsschiff> mit lautem Gebrüll über dem Hügel von Hacavitz.

Es ist 3923 Jahre her, seit all dies geschah. Die Priester haben die Jahre exakt aufgezeichnet. Alle 52 Jahre erwarteten sie die Wiederkehr von Kukulkan, doch Kukulkan ist seither nicht mehr gekommen. In ihrer Traurigkeit glaubten die Priester, Kukulkan sei erzürnt, denn die Menschen brachen immer wieder seine Gesetze. Da erinnerte man sich an die zwei Jünglinge, die in den Teich getaucht waren und von Kukulkan wieder lebendig gemacht wurden. Zuerst opferten unsere Vorfahren nur Gold, Silber, Perlen und roten Mais, um Kukulkan zu versöhnen. Doch Kukulkan zeigte sich nicht. Dann beschloß der Rat der 13 Priester, alle 52 Jahre zwei Jünglinge in den Teich zu werfen, um Kukulkan zu suchen und ihn zur Rückkehr zu bitten. Die Priester glauben, daß den Jünglingen unter Wasser nichts Böses geschehe, denn Kukulkan hatte die ersten beiden Taucher auch wieder lebendig gemacht. Verstehst du jetzt, warum wir geopfert werden?"

Die beiden Burschen hatten einen wachen Verstand. Ohne daß es ausgesprochen wurde, ahnte jeder, daß alle geopferten Jünglinge im trüben, stinkigen Teich ertrunken waren. Das hatte Kukulkan nie gewollt! Die lebendige Opfergabe war ein gräßliches Mißverständnis. Entstanden in den dunklen Jahrhunderten, als die Menschen sich gegen die Gebote von Kukulkan versündigten. Aber wie sollten sie aus diesem Teufelskreis herauskommen?

Inzwischen war es dunkel geworden. Xixli und sein neuer Freund Yum schlenderten zur Hütte von Xixlis Eltern. Die Mutter verbeugte sich ehrfurchtsvoll, als der Priesterschüler in den Lichtschein des Feuers trat. Sie bot gebratene Maisfladen, Süßkartoffeln, gekochtes Kaninchenfleisch und Honig an. Yum bedankte sich und wünschte ihr ein langes Leben. Das war ungeschickt, denn Xixlis Mutter hatte nur den nahen Opfertod ihres Sohnes im Kopf. Sie begann zu weinen und warf sich auf den Erdboden. Yum verhielt sich wie ein erfahrener Priester. Er segnete den Kopf der Frau und sprach ein beruhigendes Gebet. Dann beugte er sich hernieder und sagte mit ernstem Gesicht:

„Xixli wird nicht sterben – und ich auch nicht!"

Daraufhin wischte Xixlis Mutter verständnislos die Tränen aus den Augen. Abwechselnd blickte sie zu Xixli und Yum:

„Du bist Novize. Du kennst die Wahrheit deiner Worte!“

Yum nickte: „Wir werden beide in den Teich springen und beide überleben. Ich kenne die Wahrheit meiner Worte!“

Da begriff Xixli, daß Yum bereits einen Plan haben mußte, denn Priesterschüler logen niemals. Xixlis Herz begann zu pochen wie bei einem Ballspiel. Das Blut stieg ihm in die Schläfen, seine rauhen Handflächen wurden feucht. Er schubste Yum aus der Hütte, ergriff ein brennendes Stück Holz und schritt fünf Baumlängen weiter. Weil alle Männer wegen des Gesteinstransportes fort waren, herrschte Ruhe auf der kleinen Lichtung. Yum setzte sich auf einen Baumstamm, Xixli warf einige trockene Äste auf sein brennendes Holzstück und setzte sich neben ihn.

„*Wie* werden wir überleben? Bitte, sag es mir!“

Yum kratzte erneut einen Kreis in den Boden. „Das ist der Teich“, sagte er ruhig. „Etwa eine Baumlänge unter Wasser verläuft ein Schacht in Richtung Morgenröte.“ Er ritzte zwei Striche, die vom Teich ausgingen. „Dieser Schacht muß damals entstanden sein, als die Taucher unter Wasser die beiden kleinen Kästchen anbringen mußten. Der Schacht ist später von unseren Priestern weitergezogen worden und führt sechzig Baumlängen direkt unter die große Pyramide von Kukulkan. Dort befindet sich eine kleine Grotte, wir nennen sie die Jaguargrotte. Von der Jaguargrotte aus führen 52 Stufen zum Kukulkan-Tempel auf der Pyramidenspitze.“

Zuerst einmal war Xixli sprachlos. Nach einer Weile begann er zu lachen. Dann erkundigte er sich in einem Ton, als ob Yum nicht ganz klar im Kopf wäre:

„Woher willst du das alles wissen? Lernt man das auch in der Priesterschule?“

Yum war nicht zum Lachen zumute:

„Ich weiß es von meinem Vater, und der weiß es aus den alten Büchern von Chilam-Balam.“

Beide schwiegen. Das kleine Feuerchen warf unruhige Schatten auf ihre Gesichter. Am Firmament glimmerten unzählige Lichtpunkte, als ob Gott Kukulkan ihr Gespräch belausche. Schließlich meinte Xixli bedächtig:

„Ich bin ein guter Schwimmer und kann auch tauchen – aber du?"

„Ich werde deine Hilfe brauchen", antwortete Yum leise. „Ich kann überhaupt nicht schwimmen. In der Priesterschule werden diese Sportarten vernachlässigt."

Betont langsam und gut überlegt, antwortete Xixli:

„Wenn dieser Schacht eine Baumlänge unter Wasser liegt, ist er ebenfalls mit Wasser gefüllt. Wir werden ersticken, bevor wir die Jaguargrotte unter der Pyramide erreichen. Die Strecke ist viel zu lang."

„Werden wir nicht!" entgegnete Yum sanft, und ein trotziges Lächeln umspielte seine Lippen. „Kukulkan hinterließ uns in seiner weisen Großzügigkeit ein Geschenk, mit dem man unter Wasser atmen kann. Erinnerst du dich an die Röhrchen, welche die Taucher in die Nase stopfen mußten? Im heiligen Schrein von Jatz-laan liegen noch sechs dieser Röhrchen. Ich werde vier davon wegnehmen. Zwei für jeden!"

Jetzt begriff Xixli den Plan. Das mußte gelingen! Doch halt! Wenn sie beide nach der Opferzeremonie lebendig wieder auftauchten, würden die Priester sie erneut in den Teich werfen. Xixli teilte seine Bedenken Yum mit.

„Genau das werden sie nicht tun. Bislang wurden alle 52 Jahre zwei Jünglinge geopfert, weil man *erwartete*, Kukulkan würde sie lebendig zurückbringen. Wir werden die ersten sein, die ehrwürdig und voller Dankbarkeit zurückkehren. Wir werden von der Spitze der Kukulkan-Pyramide herunterschreiten und das ganze Volk wird uns sehen. Es wird ein großer Jubel ausbrechen und die sinnlose Opferung wird endlich aufhören. Dies ist der Grund, weshalb uns mein Vater hilft. Verstehst du das? Er *will* diesen Opferkreislauf abbrechen!"

Jetzt begriff Xixli. Die beiden Freunde, die sich erst einen halben Tag so richtig kannten, legten ihre Hände aufeinander. Sie konnten nicht ahnen, daß alles ganz anders kommen würde.

Der Opfergang

Der Tag der Opferung war für die beiden Hauptpersonen Xixli und Yum besonders anstrengend. Sie mußten sich gründlich waschen und beim ersten Sonnenstrahl im Tempel von Chilam-Balam und seinen Gefährten eintreffen. Dort malte man jedem das Zeichen von Kukulkan, die blaue Federschlange, auf die Stirne. Anschließend hatten sie in Begleitung aller Novizen sämtliche 52 Clans aufzusuchen und sich zu verabschieden. So fand bei jedem Clan eine kleine Zeremonie statt, die nicht länger als 13 Zeiteinheiten dauern durfte. Bei 52 Clans mußte alles sehr schnell gehen und war deshalb gut vorbereitet. Der Priesterschüler des jeweiligen Clans malte mit vier spitzen Federkielen die Farben der betreffenden Großfamilien auf die Körper von Xixli und Yum. Die Anführer aller Clans gaben ihnen gute Ratschläge für die Begegnung mit Kukulkan. Schließlich wurde jeder Opferjüngling von jeder einzelnen Großfamilie reich beschenkt. Das half den beiden zwar nichts, denn Tote können mit Geschenken nichts anfangen. Doch waren die Geschenke für die hinterbliebenen Trauerfamilien gedacht, denen nach der Opferung eine Arbeitskraft im Haushalt fehlte. So zogen denn die Novizen immer schwerer werdende Säcke mit Geschenken aller Art hinter den beiden Jünglingen her. Xixli und Yum ihrerseits wurden von Clan zu Clan farbiger. Man muß sich nur vorstellen, daß jeder Clan vier Farben in einer anderen Reihenfolge auf die Körper von Xixli und Yum auftrug. Da gab es das Rechteck des Steinmetz-Clans in den Reihenfolgen rot-blau-grün-gelb; dann die Schlangenlinien des Bogenclans in der Reihenfolge von grün-grün-gelb-gelb; oder das Dreieck des Bauernclans mit den Seitenlinien in gelb-blau-grün und dem roten Kreis in der Mitte, oder die Walze des Holzschnitzerclans in braun mit drei farbigen Diagonalstrichen. Als die beiden Jünglinge die kurzen Zeremonien bei allen Clans hinter sich hatten, sahen sie aus wie frisch gestrichene Papageien in einem unglaublichen Kunterbunt. Mit Ausnahme des Gesichtes und der Geschlechtsteile leuchtete die ganze Haut in einem Wirrwarr von symbolischen Zeichen und Farben. Das Gesicht durfte nur vom Priesterclan bemalt werden. Vorerst leuchtete die blaue Federschlange auf der Stirne, doch während der Opferzeremonie am Abend würden auch noch die Wangen, Ohren, der Nacken und der Hals mit den Zeichen der acht ursprünglichen Jünglinge bepinselt, die vor langer Zeit von Kukulkan und seinen Gefährten unterwiesen worden waren. Nämlich die Symbole von Chilam-Balam, Xupan, Nautat, Chimalpopoca, Chumayel, Balamquitze, Balamacab und Mahucutah.

Der eigentliche Opfergang fand am Abend statt, und das Zeichen für den Sprung in den Opferteich kam von den Priestern, die auf der großen Pyramide des Kukulkan ihren Dienst taten. Dazu muß man folgendes wissen: Als die Priesterastronomen vor langer Zeit den Bau der großen Kukulkan-Pyramide planten, geschah dies unter sehr exakten, astronomischen Bezugspunkten. Die Pyramide war nämlich derart raffiniert in die Landschaft gesetzt worden, daß das Volk jedes Jahr an die lebendige Herniederkunft von Kukulkan erinnert wurde. Und das ging so:

Beim Sonnenuntergang am Tag des Frühjahrsbeginns warf die Sonne ein grelles Bündel von Licht und Schatten exakt auf den Treppenrand der Pyramide. Dieses Licht- und Schattenspiel entstand durch die Kanten der neun Plattformen, aus welchen die Pyramide aufgetürmt war. Je höher die Sonne stieg, um so mehr bewegten sich die Muster von Licht und Schatten die Treppe hinunter. Exakt wie bei einer Schaukel, bei der das eine Ende in die Luft schwebt während sich das andere dem Boden zuneigt. Gott Kukulkan stieg zu den Menschen hernieder. Am Tag des Herbstbeginns konnte man das Schauspiel in umgekehrter Reihenfolge beobachten. Beim Sonnenuntergang entstand auf der gegenüberliegenden Treppe dasselbe Licht und Schattenmuster. Je tiefer die Sonne sank, um so mehr bewegte sich das Licht- und Schattenband die Treppe hinauf, um sich schließlich auf den obersten Stufen mit dem Kopf von Kukulkan zu vereinen.

Yum erinnerte sich an die Worte seines ehrwürdigen Vaters, der ihm mehrmals eingeschärft hatte, diese astronomische Ausrichtung der Pyramide sei eine immer wiederkehrende Botschaft an die Zukunft. Auch wenn die Generationen der Zukunft alles vergessen haben sollten, wenn Krieg oder Naturkatastrophen die heiligen Bücher vernichten sollten, das Schauspiel an der Pyramide bliebe unvergänglich. Bei Frühjahrsbeginn steigt Kukulkan am Morgen die Stiegen der Pyramide hinunter – und am Herbstbeginn kehrt er ins Himmelsgewölbe zurück.

Zwischen diesen beiden Daten – Frühjahrsbeginn und Herbstbeginn – lagen 182 Tage, was wiederum vierzehn Perioden zu dreizehn Tagen entsprach. So hatte denn alles seine mathematische und kalendarische Bedeutung.

Bereits am frühen Nachmittag versammelten sich immer mehr Männer um den heiligen Teich. Die Jüngeren kletterten

Die heutigen Touristen bekommen nichts vom <alten> Chichen zu sehen.

sogar auf die umliegenden Bäume, niemand wollte das Schauspiel der Opferung verpassen. Die Frauen und Mädchen hingegen flankierten die <Straße der Opferung>, das war der Weg, der vom Tempel des Chilam-Balam an der Pyramide des Kukulkan vorbei direkt zum heiligen Teich führte. Dort hatten die Holzfäller und Schreiner ein Gerüst mit einem Sprungbrett errichtet.

39 Zeiteinheiten vor Sonnenuntergang am Tage des Herbstbeginns war es soweit. Xixli und Yum hatten die letzten Bemalungen auf dem Gesicht, den Wangen und am Hals empfangen. Beide zogen die hellblaue Schürze mit den goldenen Sternen um die Hüften. Die Novizen marschierten voraus, dann folgten die 52 Priester und mitten im Pulk der Priester die beiden Opfergaben Xixli und Yum. Die Prozession zog die <Straße der Opferung> entlang, vorbei an weinenden und schluchzenden Frauen. Als Xixli an seiner Mutter vorüber kam, blickte er ihr direkt in die Augen und lächelte ihr zu. Vor der Pyramide des Kukulkan sprachen die Priester ein Gebet, dann zog der Zug weiter auf das Gerüst am heiligen Teich zu.

Dort hatten sich bereits die Novizen postiert. Die Priester bestiegen die erste Plattform, Xixli und Yum kletterten mit hoch erhobenen Köpfen an ihnen vorbei auf die zweite Plattform mit dem Sprungbrett. Hinter ihnen folgte mit würdevollen Bewegungen nur noch Xan Pox, der älteste Priester, der auch der Vater von Yum war. Als alle die Plattform erreicht hatten, wurde es ruhig im Volk. Erwartungsvoll starrten die Männer zum Holzgerüst, einige blickten hinüber zur Pyramidenspitze, denn von dort aus kam das Zeichen für die Opferung.

Xan Pox trug das rot-gelbe, federbestückte Gewand mit dem eingewobenen Sternenhimmel. Auch von seiner Stirne prangte die blaue Federschlange, das Zeichen von Kukulkan. Jetzt machte er einige Schritte auf Xixli zu und streckte ihm die Hände entgegen. Keiner der Zuschauer gewahrte, daß zwei kleine, gelbe Röhrchen in die Hände von Xixli überwechselten. Dann wandte er sich seinem Sohn zu und schob auch ihm heimlich zwei Röhrchen in die Handflächen. Diese Röhrchen waren etwa so dick wie ein kleiner Finger und nur gerade so lang wie der kleine Zeh. Sie fühlten sich weich an wie eine Mischung aus Gummi und Schwamm. Ohne daß es die Priester auf der unteren Etage des Gerüstes hörten, zischte Xan Pox:

„Preßt den Mund fest zu! Nur durch die Nase ein- und ausatmen! Kniet jetzt vorne hin! Mögen Kukulkan und seine Gefährten euch beschützen!"

Die beiden Jünglinge taten wie geheißen. Am Ende des «Sprungbrettes» knieten sie nieder und senkten die Köpfe in ihre Hände. Unbemerkt stopfte jeder seine Röhrchen in die Nasenlöcher. Hinter ihnen erhob Xan Pox die Handflächen zum Firmament. Mit lauter Stimme rief er:

„Himmlischer Kukulkan! Ehrwürdiger Lehrer unserer Vorfahren! Gleich wirst du die Stämme besuchen, wie du es in alten Zeiten getan hast. Nimm diese unschuldigen Jünglinge als wißbegierige Schüler zu dir. Unterweise sie, wie du vor langer Zeit Chilam-Balam, Xupan, Nautat, Chimalpopoca, Chumayel, Balamquitze, Balamacab und Mahucutah unterwiesen hast!"

Rings um das Gerüst trommelten die Novizen auf ihre ausgehöhlten Baumstämme. Drüben, an der Stiege der Pyramide, kletterte die gefiederte Schlange aus Licht und Schatten stetig tiefer. Dann erstrahlte die Pyramidenspitze im grellroten Abendlicht. Der Priester, der dort oben stand, hielt seine Fackel an einen Stoß mit feuchtem Stroh. Rauchschwaden vermischten sich mit dem roten Sonnenlicht, stiegen zum Firmament wie einst der <Feuerwagen> von Kukulkan. Die Trommler setzten zum letzten und lautesten Wirbel an. In den Lärm hinein, unhörbar für alle anderen, rief Xan Pox:

„Jetzt!" Dann senkte er seine Arme. Während rings um den Teich ein Aufschrei aus vielen Kehlen erklang, schnellten Xixli und Yum aus der Hocke und stürzten sich mit zusammengepreßten Mündern in den Teich. Verblüfft registrierten die Zuschauer, daß sich die beiden Jünglinge auch während des Sprungs fest an den Händen hielten. Dann klatschte die schmutzige, lauwarme Brühe über ihnen zusammen.

Xixli mit seinem kräftigen Körperbau hatte seinem Freund schon vorher klargemacht, daß er zum Schwimmen Hände und Beine frei haben müsse. Deshalb sollte sich Yum nur fest von hinten an die Schnüre seiner Schürze klammern. Das Wasser im Teich war derart trübe, daß die beiden Jünglinge überhaupt nichts sahen. Irgendwie schnappte Xixli einen Arm von Yum und drückte ihn an seinen eigenen Rücken. Yum begriff sofort. Er hörte auf mit seinen wilden Ruderbewegungen, und umklammerte mit beiden Fäusten die Rückenschnüre von Xixlis Schürze. ‚Nur den Mund nicht aufmachen', dachte Xixli und versuchte sachte, Luft durch die Nase zu bekommen. Die beiden Röhrchen in seinen Nasenlöchern hatten sich aufgeblasen. Sie waren größer geworden wie ein ausgetrockneter Schwamm, der im Wasser aufgeht. Eigenartigerweise drang keinerlei Wasser in die Nasen. Die Röhrchen dichteten die Nasenlöcher ab wie getrockneter Honig. Gierig saugte Xixli den ersten Atemzug in sich hinein und versuchte, die verbrauchte Luft ebenfalls durch die Nase wieder auszustoßen. Zu seiner eigenen Verblüffung klappte das ausgezeichnet. Die Röhrchen gaben Luft an ihn ab, ließen die verbrauchte Luft hinausströmen und verhinderten dennoch einen Wassereintritt. Ein Wunder von Kukulkan!

Xixli beruhigte sich. Jetzt, wo er wußte, daß die Atmung funktionierte, schwamm er mit kräftigen Zügen an den Rand des Teichs und gab sich Mühe, stets etwa eine Baumlänge unter Wasser zu bleiben. Mit jeder Schwimmbewegung spürte er das Gewicht von Yum, der sich stur an seine Schürze klammerte. Auch Yum hatte begriffen, wie wunderbar die Atmung durch die Röhrchen erfolgte. Endlich ertastete Xixli die Wand des Teiches. Wo war der Quergang? Im schien, als ob er den ganzen Teich umrunde, ohne daß sich ein Loch auftat. Wie lange würde das Röhrchen noch Luft abgeben?

Xixli hangelte sich am porösen Felsrand tiefer. Das kostete viel Kraft, denn wegen der Luft in der Lunge hatten beide Körper die Tendenz, nach oben zu steigen. Kukulkan sei Dank, war Xixli vom Ballspiel her gut trainiert. Er hatte Ausdauer und gab nicht auf. Wieder umrundete er die Teichwand. Wo blieb dieser Seitenschacht? Xixli hatte die Orientierung längst verloren und wußte nicht mehr, in welcher Richtung die <Morgenröte> lag. Plötzlich stupfte ihn Yum mit dem Knie an den Hintern. Xixli drehte sich um. Aus nächster Nähe sah er, daß Yum mit dem Kopf nach unten deutete. Mit großer Kraftanstrengung zog sich Xixli tiefer und erfaßte mit einem Fuß eine Öffnung. Noch etwas tiefer, dann hatte er beide Knie in der Öffnung. Noch eine halbe Manneslänge und er schob den Kopf und die Brust in den Seitengang. Er griff nach den Händen von Yum und bedeutete ihm, sie von seinem Rücken zu lösen. Langsam kroch Xixli in den Gang und zog Yum hinter sich her.

Anfänglich konnten beide nebeneinander im Seitengang stehen, das Wasser war etwas weniger trübe als im Teich. Sie tasteten sich in den Korridor hinein, doch der wurde immer schmaler und die Wände immer glatter. Schließlich krochen sie auf allen vieren weiter, doch der Schacht verengte sich zur Größe eines ausgehöhlten Baumstamms. So schoben sie sich hintereinander die Schachtwände entlang, das Wasser wurde plötzlich glasklar und Xixli bemerkte zwei Baumlängen vor sich ein bläuliches Licht, das unaufhaltsam heller und dunkler wurde. Irgendetwas pulsierte vor ihnen wie der Rhythmus eines Herzschlages. Fast gleichzeitig registrierte Xixli, daß die Luft aus den Nasenröhrchen ständig schwächer wurde. Ein Umkehren war unmöglich, denn hinter ihm kroch Yum, und die enge Röhre verunmöglichte eine Körperdrehung. Vermutlich ging auch die Luft seines Freundes zu Ende. Xixli drückte die Lippen zusammen und stieß sich mit voller Kraft auf das Licht zu. Jetzt bekam er überhaupt keine Luft mehr, das Blut pochte in den Schläfen, der Kopf wollte explodieren. Er bemerkte noch, wie ihn eine Strömung ergriff und mehrmals um die eigene Achse wirbelte. Dann schnellte er wie ein Stück getrockneter Baumrinde aus dem Wasser.

Xixli riß den Mund auf und nahm einen tiefen Atemzug. Bevor er sich umsehen konnte, schoß Yum neben ihm an die Oberfläche. Er hatte das Bewußtsein verloren und Xixli zerrte seinen Freund augenblicklich an den Rand des Beckens. Dort ertastete er eine Stufe, auf die er Yum mühevoll und mit keuchendem Atem wälzte. Der Raum war finsterer als die finsterste Nacht, das blaue Licht von vorhin verschwunden. Immerhin gab es Luft, und die schmeckte sogar würzig und frisch. Xixli drehte Yum auf den Bauch, tastete sich an sein Gesicht und kratzte ihm die Röhrchen aus der Nase. Da begann Yum zu husten und zu keuchen. Xixli pustete seine eigenen Röhrchen aus der Nase und achtete darauf, daß Yum nicht wieder in das Becken zurückrollte.

Endlich atmete Yum wieder normal. Xixli berührte seinen Körper und fragte:

„Bist du da?"

„Ja!" ertönte es aus der Dunkelheit. „Wo sind wir?"

„Irgendwo unter der Erde wo es Luft gibt! Es muß hier einen anderen Zugang geben als das Wasser. Hast du das blaue, pulsierende Licht auch gesehen? Was war das?"

Yum hustete immer wieder zwischen den Worten. Er schien Wasser zu spucken:

„Ich habe es gesehen, doch bevor ich hindurch war, verlor ich die Sinne." Und nach einigem Nachdenken fügte er hinzu: „Mein Vater hat nichts von dem pulsierenden Licht gewußt, sonst hätte er es mir gesagt!"

Die Jünglinge schwiegen und atmeten immer noch tief. Schließlich sagte Xixli:

„Wir müssen hier heraus, immer dem Lufthauch nach. Er wird uns an die Oberfläche geleiten."

„Du hast recht", antwortete Yum. „Halte den Kopf tief, denn in dieser Dunkelheit erkennen wir keine Felsvorsprünge. Und noch etwas: Wir sollten den Körperkontakt nie verlieren! Hier gibt es vielleicht Seitengänge oder gar Felsspalten, und plötzlich ist einer von uns verschwunden!“

Xixli war eher der Praktiker, Yum der Intellektuelle. So tastete sich Xixli den dunklen Wänden entlang, während sich Yum wie beim Schwimmen fest an die Rückenschnüre von Xixlis Schürze klammerte. Bald hatten sie gemerkt, daß der Raum mit den glatten und glitschigen Wänden rechteckig sein mußte. Unten lag das Wasserbecken, aus dem sie hinausgeschossen waren, dann folgten drei Stufen und rings um das Becken eine Umrandung aus glattpolierten Steinen.

„Heiliger Donnervogel!“ schimpfte Xixli, „hier ist kein Ausgang. Wir sind gefangen, denn durch das Wasser können wir nicht zurück!“

Yum dachte nach. Dann machte er den Vorschlag, Xixli solle auf seine Schultern klettern:

„Vielleicht liegt der Ausgang etwas höher oben!“

Es ist nicht leicht, jemandem in einem absolut finsteren Raum, der zudem feuchte, glitschige Wände aufweist, auf die Schultern zu klettern. Insbesondere, da Yum keinerlei sportliche Erfahrung hatte. Nach mehrmaligem Abrutschen war Xixli oben.

„Jetzt laufe ganz langsam, einen Fuß nach dem andern und immer mit dem Gesicht zur Wand“, kommandierte Xixli. „Ich *darf* nicht herunterstürzen, ich könnte in dieser Dunkelheit den Schädel und die Knochen brechen!“

Sachte, ganz langsam, bewegte sich Yum die Wand entlang. Er keuchte, denn Xixli stand barfuß auf seinen Schultern, sein Gewicht drückte auf die Hüften und die Knie. Jetzt merkte man erst recht, daß Yum keine Kraft in den Muskeln hatte. Die beiden Freunde hatten vorher besprochen, daß es besser war, wenn Xixli oben und Yum unten stand. Sowie sie nämlich im höheren Teil der Wand eine Öffnung fanden, mußte der Stärkere der beiden hineinkriechen und den Schwächeren hinaufziehen. Yum schnaufte laut und stöhnte zwischendurch. Doch stur und tapfer tastete er sich Schritt für Schritt an der glatten Wand entlang.

„Da ist etwas! Eine Nische oder ein Vorsprung! Ich kriege die Hände hinein!“ rief Xixli von oben. „Bleibe genau unter mir stehen, damit ich im Dunkeln deine Schultern wiederfinde!“

Dank des Ballspiels waren Xixlis Armmuskeln hervorragend entwickelt. Er zog sich hoch, wand den Körper, löste eine Hand von der Nische und ertastete tiefer drin mit den Fingerspitzen eine Unebenheit. Xixli krallte die Finger daran, löste die zweite Hand und schob sie vor. Er bekam etwas wie eine Ausbuchtung zu fassen, klammerte sich daran fest und hangelte sich wie eine Schlange immer höher. Daß er sich dabei die Haut am linken Arm aufriß, merkte er erst später. Endlich lag Xixli mit dem ganzen Körper in der Nische. Langsam stand er auf um zu testen, wie hoch die Nische sei. Zu seiner Freude konnte er aufrecht stehen. Vorsichtig tat er einige Schrittchen nach vorne und stieß rasch an eine Stufe. Hier war der Aufgang!

Wiederum vorsichtig, um nirgendwo anzuschlagen, drehte er um, legte sich auf den Bauch und kroch zum Ausgangspunkt zurück:

„Bist du da, Yum?“ rief er in die Tiefe.

„Sicher! Ich stehe am selben Punkt wie vorher. Was hast du gefunden?“

Xixli erklärte. Dann bat er Yum, die Hände nach oben zu recken. Doch so sehr er auch den Oberkörper aus der Nische hängen ließ, er bekam Yums Hände unter ihm nicht zu fassen. Schließlich zog Xixli seine Schürze aus. Mit gespreizten Beinen stemmte er sich gegen die Seitenwände der Nische, schwenkte die Schnüre seiner Schürze nach unten, bis Yum sie zu fassen kriegte.

„Jetzt langsam, nur langsam, damit du mich nicht aus der Nische herausziehst und ich in die Tiefe stürze!“

Mit verbissenem Gesicht und einer gewaltigen Kraftanstrengung zog Xixli an den Schnüren, bis er Yums Hand schnappen konnte. Der schrie zweimal auf und stöhnte, weil auch er sich an der scharfen Eckkante die Haut an einem Arm aufriß. Endlich lag Yums Oberkörper in der Nische. Die beiden Freunde klebten schweißnaß halb aufeinander, keuchten wie nach einem Ringkampf. Langsam richteten sie sich auf. Stoßweise sagte Yum:

„Ehrwürdiger Kukulkan ... großer Kukulkan ... wo immer wir sind, bitte hilf uns ans Licht!"

Beide spürten den schwachen Luftzug, welcher am Boden der Kammer entlangstrich. Wie Blinde die Hände vor sich ausgestreckt, tasteten sie sich weiter. Eine steile Stiege führte nach oben, je höher sie kamen, um so feuchter und stickiger wurde die Luft. Es mußte wohl irgendwo einen Luftkanal geben, der unabhängig vom Gang und der Treppe verlief. Plötzlich stolperte Xixli über etwas Steinernes:

„Was ist?" fragte Yum.

„Hier ragt etwas Längliches aus dem Boden!"

Yum ging in die Knie, kroch vorsichtig weiter, bis er den Gegenstand unter den Händen fühlte:

„Das ist ein steinerner Jaguar. Wir müssen in der Jaguarkammer unter der Pyramide sein!"

„Bist du sicher?" flüsterte Xixli.

„Ich glaube schon. Bloß verstehe ich nicht, weshalb hier kein Honiglicht brennt. Die Priester, die auf der Pyramide Dienst tun, müßten das Licht ständig erneuern."

„Vielleicht ist das Licht umgestürzt und liegt irgendwo am Boden", meinte Xixli unsicher.

„Das glaube ich kaum, schließlich herrscht hier absolute Windstille. Doch laß uns suchen. Wir müssen ohnehin die Treppe finden, die von hier zur obersten Pyramidenplattform führt."

Beide Jünglinge krochen auf allen vieren am Boden herum, tasteten mit ihren Händen Maiskolbenlänge um Maiskolbenlänge ab. Auf einmal stutzte Yum. Er hatte etwas Seltsames, Längliches berührt, das nicht am Boden lag, sondern senkrecht in der Wand steckte. Xixli kroch hinzu. Neben dem ersten, länglichen Gegenstand steckten noch weitere. Sie schienen alle fest im Boden und in der Decke verankert und fühlten sich starr und steif an. Was war das für ein Material? Nie im Leben hatten die beiden Jünglinge etwas Ähnliches gefühlt. Sie kannten Tierkäfige aus Bambusrohr. Die Stäbe schienen ein Käfig aus fremdem Material zu sein. Waren sie drin oder draußen?

„Wir sind von unten gekommen und sind vermutlich im Käfig drin. Irgend etwas hält uns gefangen", stellte Xixli fachmännisch fest. Yum widersprach:

„Vielleicht ist das Gitter auch nur angebracht, damit niemand von oben hier hinunter kann!"

„Das ergibt keinen Sinn", warf Xixli dazwischen. „Du selbst hast doch gesagt, die Priester müßten ständig darum besorgt sein, daß hier ein Honiglicht brenne. Also müßten sie ungehindert in die Jaguarkammer hineinkönnen."

Die Knaben hingen ihren Gedanken nach. Die Widersprüche lagen auf der Hand. Insbesondere verstanden die Freunde nicht, aus was für einem Material das Gitter gefertigt war. Wäre es wenigstens etwas Bekanntes gewesen wie Holz oder Stein. Aber das hier? Es fühlte sich kalt an und so hart wie die Steine, welche Xixli von seiner täglichen Arbeit kannte. Er tastete den Boden um die Stäbe ab, kratzte mit den Fingernägeln an den Verbindungsstellen zwischen Boden und Stäben herum ...

„Es ist Kalkstein", redete Xixli vor sich hin. „Wenn wir Pflanzensäure hätten – könnten wir versuchen, das Gestein um die Stäbe etwas aufzuweichen. Vielleicht stecken sie nur oberflächlich drin."

„Geht auch andere Säure?" erwiderte Yum mit einem spöttischen Unterton.

„Weiß ich nicht", brummte Xixli. „Wir haben ohnehin keine Säure."

„Du irrst dich, mein Freund. Wir haben!"

Xixli schnaufte hörbar. Dann maß er mit den ausgestreckten Fingern die Abstände von Stab zu Stab.

„Wenn wir einen einzigen Stab herausbrechen können, sind wir hindurch! Laß es uns versuchen!"

Da es finster wie die finsterste Nacht war, konnten sie beim Pinkeln nicht zielen. So entleerte jeder seine Blase direkt am dritten Stab von der Wand. Das war derjenige, den sie herausbrechen wollten. Schließlich drückte Xixli mit aller Anstrengung seine Schulter an den Stab. Es schien ihm, als ob er sich leicht bewegt hätte.

„Ich muß meine Beine gegen irgend etwas stemmen können, um mehr Kraft zu entfalten!"

Yum tastete sich zum steinernen Jaguar im Boden, legte sich daneben und krümmte sich wie der Panzer einer Schildkröte. Xixli spürte mit den Füßen den Widerstand an Yums Rücken. Die Kraft reichte noch nicht. Jetzt legte sich Yum auf den Rücken, seine Füße gegen den Jaguar gestemmt. Xixli legte sich ebenfalls auf den Rücken und stemmte seine Fußflächen gegen Yums Schulter. Die eigene Schulter preßte er mit aller Kraft gegen den dritten Stab. Dann ein Krächzen und ein Knall, und die Steinfassung splitterte weg. Mit roher Gewalt preßte Xixli den Stab weiter nach oben. Sie krochen hindurch.

„Von hier aus sind es nur noch zweiundfünfzig Stufen bis zur obersten Plattform", flüsterte Yum. „Zwei Priester sind Tag und Nacht da oben. Wir sollten würdevoll hinaufsteigen und das Lied der Verwandlung singen. Ich kenne alle Priester mit ihrem Namen und kann sie sofort ansprechen, wenn sie erschrecken sollten."

„Das Lied der Verwandlung habe ich nie gelernt", brummte Xixli. „Laß uns gehen!"

Mit klopfendem Herzen erklommen sie Stufe um Stufe. Die Stiege war schmal und steil. Yum, der sich vorantastete, mußte mehrere Verschnaufpausen einlegen. Dennoch zählte er laut die Stufen. Bei der vierzigsten Stufe entdeckten sie über sich den ersten, schwachen Lichtschimmer. Yum verschnaufte wieder, dann begann er das Lied der Verwandlung zu singen und stapfte tapfer die letzten zwölf Stufen hinauf, dem Licht entgegen. Als die beiden Jünglinge die oberste Plattform erreichten, taumelten sie geradewegs einer wildfremden Gestalt entgegen. Der Fremde trug ein mattglänzendes, hellblaues Gewand und ein blaues Beinkleid, wie es Xixli und Yum noch nie gesehen hatten. Vor seiner Brust hingen zwei kleine, dunkle Kästen mit großen, glänzenden Augen in der Mitte.

„Kukulkan!" stieß Yum hervor und warf sich bäuchlings vor die Füße des Fremden. Xixli registrierte noch das fahle Abendlicht, wie es einige Zeiteinheiten nach Sonnenuntergang herrschte, dann warf er sich ebenfalls zu Boden.

Aufnahme von der Pyramidenspitze. Im Hintergrund das Observatorium der Maya.

Begegnung zweier Welten

Ort der Handlung: Die Ruinenstadt Chichen Itza in Yukatan, Mexiko.

Zeit der Handlung: 1992 unserer Zeit.

Vor gerade drei Wochen hatte Peter Lange sein Medizinstudium an der Universität Zürich mit dem Staatsexamen beendet. Praktische Erfahrung als Arzt besaß er wenig, denn er war erst ein Jahr als Assistent in einem Schweizer Spital tätig gewesen. Dies gehörte zur Ausbildung, denn ohne ein Praxisjahr durfte kein Student das Staatsexamen ablegen. Nun hatte er alles überstanden und konnte endlich die Reise nach Zentralamerika antreten, die er sich seit langem gewünscht hatte. Peter hatte zwei Hobbies: Die Fotografie und die Altertumskunde. Ihn faszinierten die Ruinen und Tempel, die Säulen und Pyramiden der alten Völker. Er bestaunte die fein herausgearbeiteten Reliefs an Tempelwänden und Stelen, bewunderte die mühsame Arbeit der längst verstorbenen Steinmetze. Wie kümmerlich sahen dagegen unsere modernen Kunstwerke aus! Kaum ein Künstler der Gegenwart nahm sich noch Zeit, monatelang an einem Kunstwerk zu feilen. Die Zeit war zu hektisch, Geld beherrschte die Zeit.

Am späten Vormittag des 20. September 1992 war Peter mit seiner deutschen Freundin Helga in Cancun eingetroffen. Cancun war eine mexikanische Hotelstadt am Karibischen Meer. Sie hatten eine Nacht in einem Luxushotel verbracht, und anderntags hatte Peter ein Auto gemietet. Er wollte die Maya-Ruinen auf eigene Faust besichtigen, unabhängig von irgendeinem Fahrplan. Fünf Stunden dauerte die Fahrt von der Hotelstadt Cancun nach der Ruinenstadt Chichen Itza. Stets auf asphaltierten Straßen mitten durch den feuchten Urwald. Peter dachte an die grandiose Kultur, die bis vor wenigen Jahrhunderten überall in diesem Urwald geblüht hatte. Über Jahrtausende hatte das Volk der Maya unvergleichlich schöne Bauwerke erstellt. Mächtige Pyramiden mit verschnörkelten und reich verzierten Kunstwerken. Tempelpaläste und Residenzen, wie sie die Welt nie mehr erlebte. Peter war begeistert von dieser Welt der Archäologie [= Altertumskunde]. Sein Fotohobby ließ ihm hervorragende Schnappschüsse gelingen, und die Eltern und jüngeren Geschwister zu Hause freuten sich immer wieder über seine farbenprächtigen Dias.

Es herrschte ein grauer Abend, als Peter und Helga in Chichen Itza eintrafen. Man wußte nie, ob es gleich zu regnen begann oder ob der Wind die schweren Wolken vertrieb. Das Pärchen bezog ein Zimmer im Hotel <Villa Arquéologica>. Dann aßen und tranken sie eine Kleinigkeit, doch Peter trieb es hinaus zu den Ruinen. Helga war zu müde. Sie wollte die Koffer auspacken und vielleicht noch etwas am Swimmingpool dösen. Peter zog die leichte, hellblaue Windjacke über, hängte sich zwei Fotoapparate über die Brust und steckte eine Sofortbildkamera in die Umhängetasche. Darin befand sich auch etwas Geld, Schokolade, einige Filme, ein Taschenmesser, ein Beutel Pfefferminzbonbons und – für einen jungen Arzt unumgänglich – eine kleine Notapotheke. Sie hatte sich schon oft bei unglücklichen Stürzen bewährt.

Als Peter vom Hotel hinüber zur Kukulkan-Pyramide schlenderte, wußte er nicht, daß die archäologische Anlage jeden Abend gegen 17 Uhr geschlossen wurde. Irgendwo kletterte er über einen Zaun und schritt auf den großen Rasen, in deren Zentrum die Pyramide stand. Als er den Pfiff einer Trillerpfeife hörte, drehte er sich verdutzt um. Ein kleiner Mann mit sonnenverbranntem Gesicht winkte und wollte Peter vom Platz weisen. Peter beherrschte einige Brocken Spanisch und recht gut Englisch. Mit einem guten Trinkgeld konnte er den Wächter überzeugen, daß er Archäologe sei – das <Hobby> davor vergaß er – und einige Aufnahmen im Abendlicht und ohne die Belästigung durch fremde Touristen machen möchte.

Dann stand er allein vor der Pyramide. Der Wind hatte tatsächlich die schlimmsten Wolken zerblasen. Die Sonne war hinter dem Horizont verschwunden und je nach Wolkenlage blendeten Lichterfetzen auf die Pyramidenseiten. Peter erinnerte sich, irgendwo gelesen zu haben, die vier Seiten der Pyramide seien ursprünglich in vier Farben bemalt gewesen. Jetzt war alles grau, nur an den Treppenrändern verlief von oben bis unten die gefiederte Schlange. Sie bestand aus Stein und war, wie viele Teile der Pyramide, in den letzten Jahren gründlich renoviert worden. Peter schoß im diffusen Licht einige Aufnahmen. Dann reizte es ihn, die Stufen zur 30 Meter hohen Pyramide zu erklimmen. Herrgott, waren *die* steil! Einen Moment lang dachte er daran, seine Umhängetasche auf den Stufen liegen zu lassen, doch dann verwarf er den Gedanken wieder. Man wußte nie, wieviel Filme man oben brauchen würde. Seine engen Jeans störten ihn beim Erklettern der Treppen. Sie klemmten im Schritt.

Reichlich ausgepumpt stand Peter auf der obersten Plattform. Von hier aus hatte man einen wundervollen Blick zum Observatorium der alten Maya, dann hinunter zu den kleinen Stumpfpyramiden, hinüber zum «Tempel der 1000 Säulen» und auf die gegenüberliegende Seite zum Ballspielplatz. Bedächtig maß Peter die unterschiedlichen Lichtverhältnisse die mit jeder dunklen Wolke, die vorüberzog, wieder wechselten. Immerhin war die Luft klar, es gab kontrastreiche Bilder.

Als er mit seinem Teleobjektiv den Rundbau des Observatoriums anpeilte, war ihm, als höre er jemanden singen. Erstaunt blickte er um sich. Er stand allein auf der obersten Plattform. Dennoch sang jemand, denn die seltsam tragischen Töne kamen immer näher. Peter merkte rasch, daß der kuriose Gesang zu einer einzigen Stimme gehörte, die aus dem Innern der Pyramide kam. Neugierig machte Peter einige Schritte auf die Säulen des kleinen Tempels zu, der die Pyramidenspitze krönte. Da stolperte ihm ein Jüngling entgegen, er schien vom Abendlicht geblendet, und gleich dahinter kam eine zweite Gestalt zum Vorschein. Bevor Peter reagieren konnte, stieß der erste Jüngling ein unverständliches Wort aus und warf sich platt vor seine Füße. Wenige Sekunden später kippte der zweite wie ein umgestürztes Brett direkt vor seine Schuhe.

Von seinen Studentenzeiten her war Peter einigen Schabernack gewöhnt, aber das hier übertraf alles. Erschrocken trat er einige Schritte zurück und betrachtete die vor ihm liegenden Körper. Der Hals, der Rücken und die Beine waren über und über mit Farbe beschmiert, vereinzelt bemerkte Peter einige seltsame, vierfarbige Zeichen. Der Hintern beider Jungen war nackt, doch kreuzten dunkelbraune Bastschnüre den Rücken. Was sollte das Theater? Peter beruhigte sich etwas, vermutlich hatte er es mit zwei Indiojungen zu tun, die von irgendeiner Karnevalsfeier kamen und sich im Versteck der Pyramide hatten vollaufen lassen. Doch halt, das konnte nicht sein, schließlich war heute der 21. September und Karneval wurde im Frühling gefeiert. Geistesgegenwärtig zückte Peter seine Sofortbildkamera und schoß ein Bild von den am Boden liegenden Jungen. Als der Blitz aufleuchtete, zuckten beide zusammen und begannen leise zu wimmern.

„Si, si, es bueno!“ (Ja ja, ist ja gut), sagte Peter in seinem schlechten Spanisch. Die Jungen hörten auf zu wimmern, blieben aber unbeweglich liegen. Jetzt erst bemerkte Peter zwei dünne Rinnsale von Blut, die aus den Unterarmen der Knaben tropften. Großer Himmel, was wurde hier gespielt? Waren die beiden Opfer eines Verbrechens? Peter wurde es mulmig zumute. Erst beugte er sich hernieder, dann ging er in die Knie, und drehte vorsichtig den Kopf eines Burschen. Weit aufgerissene, dunkle Augen starrten ihn angstvoll an. Peter drehte auch den Kopf des andern und schließlich stupfte er beide an. Sie verstanden und wälzten sich auf den Rücken. Auch die Brust, der Bauch, die Oberschenkel und Beine waren vollgeschmiert mit farbigen Symbolen. Jeder trug auf der Stirne das Bild einer etwa vier Zentimeter langen Schlange in hellblauer Farbe. Einer der beiden hatte dieselbe

Schlange sogar über der linken Brustwarze tätowiert. Beide Jungen trugen blaue Schürzen, die notdürftig ihre Geschlechtsteile bedeckten. Auf den Schürzen erkannte Peter gelb-goldene Sterne. Die Wunden an den Unterarmen sahen nicht gut aus. Auch ohne Worte gelang es Peter, die beiden eigenartigen Gestalten dazu zu bringen, sich aufzurichten. Sie ließen alles widerstandslos mit sich geschehen. Ob sie wohl Drogen genommen hatten? Vielleicht irgendwelche giftigen Pilze?

Der Reihe nach hob Peter ihre Augenlider, blickte aus nächster Nähe in ihre Pupillen. Nein, die Jungen hatten keine Drogen genommen und rochen auch nicht nach Alkohol. Irgend etwas stimmte hier nicht. Peter kramte ein kleines Fläschchen Desinfektionslösung aus seiner Notapotheke und beträufelte ihre Wunden. Mit erstaunten Augen verfolgten die beiden jede seiner Bewegungen. Sie zuckten nicht und hielten tapfer still, als die Desinfektionslösung in den Wunden brannte. Dann klebte Peter sämtlichen Schnellverband, den seine Tasche hergab, auf die schlimmsten Stellen der aufgerissenen Haut. Peter war klar, daß die Verletzungen besser gereinigt und sauber verbunden werden mußten. Wenn er mit denen nur reden könnte! Aber sie blieben stumm wie leblose Statuen.

Während seines Medizinstudiums hatte Peter auch etwas von Psychologie gelernt. Ihm schien, die beiden stünden unter Schock. Er setzte sich direkt vor sie auf den Boden und lächelte so freundlich, wie es ihm in der absurden Situation möglich war. Dann packte er ein Bonbon aus der Tasche und öffnete die Verpackung mit langsamen Bewegungen. Er schob sich das Bonbon in den Mund und lächelte wieder. Nun drückte er jedem der Jungen ein Bonbon in die Hand. Zögernd und als ob sie noch nie in ihrem Leben das Papierchen von einer Süßigkeit weggedreht hätten, wiederholten sie seine Geste. Langsam schoben sie das Pfefferminz zwischen die Lippen. Ihr Gesicht nahm einen verblüfften Ausdruck an. Peter lächelte wieder und endlich – die Gesichter der beiden entspannten sich. Die Jünglinge lächelten zurück.

Es war wirklich ein komisches Pärchen, das Peter da vor sich sitzen hatte. Eindeutig waren beide Indios, Nachfahren der alten Maya, die heute noch im Tiefland von Mexiko und Guatemala lebten. Beide Jungen trugen kurzgeschnittenes, schwarzes Haar, sie hatten beide dieselbe braune Hautfarbe und dieselben schwarzen Augen. Peter schätzte ihr Alter auf etwa sechzehn bis siebzehn Jahre. Sie hatten kräftige, weiße Zähne und ihre Nasenflügel waren ein klein bißchen breiter als die Nasen von Durchschnittseuropäern. Immer wieder mußte Peter die beiden Körper betrachten. Die Haut war über und über mit verschmierten Farben und komischen Zeichen bedeckt. Der eine der Jünglinge hatte einen kräftigen Körperbau mit gut entwickelten Muskeln. Vermutlich war er Handwerker oder Sportler. Seine Fingernägel und seine Hände waren schmutzig, als ob er in Sand und Kies herumgekratzt hätte. Der zweite Bursche war eindeutig von schwächerer Statur. Er war zartgliedriger, schien mehr der Künstlertyp zu sein. Peter wollte noch einige Fotos von den seltsamen Gestalten schießen, doch vorher zeigte er mit dem Zeigefinger auf seine Brust und sagte:

„Peter!"

Dies wiederholte er mehrmals, dann zeigte er auf den <Künstlertyp> und machte ein fragendes Gesicht. Der Junge schien von rascher Auffassungsgabe, denn jetzt wies er mit seinem eigenen Finger auf die Brust und antwortete:

„Yum. – Yum Pox."

„Aha", lächelte Peter. „Du bist also Yum Pox. Und wie heißt der andere?"

Der wies auf seine eigene Brust und murmelte ein Wörtchen, das Peter zuerst nicht verstand. Es klang wie „Lizzbli". Dann wiederholte er mehrmals: „Xixli ... Xixli ... Xixli."

Komische Namen, dachte Peter. Yum und Xixli. Er hatte immer geglaubt die einheimischen Indios trügen spanische Namen wie Pedro, José, Miguel oder Julio. Peter erhob sich und schraubte ein neues Objektiv auf eine Kamera. Dazu kam das Blitzlicht, denn inzwischen war es zu dunkel geworden, um ohne Blitz zu fotografieren. Verständnislos registrierten Yum und Xixli jede Bewegung. Als der Blitz aufleuchtete, zuckten sie wie unter einem Peitschenhieb zusammen. Peter lächelte ihnen zu und sie lächelten tapfer zurück. Da kam Peter auf die Idee, den beiden das Bild aus der Sofortbildkamera zu zeigen, das er am Anfang geknipst hatte. Er kniete sich zu ihnen, hielt ihnen das Glanzfoto unter die Nasen und flüsterte eindringlich:

„Yum und Xixli – Xixli und Yum!"

Plötzlich schien ein Bann gebrochen. Die beiden Jungen begannen miteinander zu reden, sie plapperten in einer unbekannten Sprache drauflos, starrten abwechslungsweise auf das Foto und zur Sofortbildkamera. Als sie aufhörten, deutete Yum auf Peter.

„Pe-ter?", formulierte er fragend.

„Ja, Peter", nickte Peter.

Jetzt zeigte Yum auf den Boden der Pyramide und sagte etwas wie: „ku-schku-schkan?"

Gott sei Dank hatte Peter einige Bücher über Maya-Archäologie gelesen. Er wußte, daß Kukulkan die fliegende Schlange der alten Maya gewesen war, und daß sie jetzt auf der Pyramide des Gottes Kukulkan saßen. Der Junge meinte mit «Ku-schku-schkan» sicher die Pyramide, deshalb antwortete Peter:

„Ja, Kukulkan! Das ist die Pyramide des Kukulkan!"

Jetzt wies der Junge erneut auf Peter und meinte fragend:

„Ku-schku-schkan?"

„Nein! Ich heiße Peter!" lachte der. „Ich Peter – das da Kukulkan!" Er klopfte mit dem Finger auf den Pyramidenboden. Yum und Xixli begannen wieder miteinander zu reden. Es war eine seltsame Sprache, die Peter noch nie gehört hatte. Vermutlich ein Indiodialekt.

Während die beiden aufgeregt miteinander tuschelten, machte Peter noch einige Bilder, sowohl mit dem normalen Fotoapparat als auch mit der Sofortbildkamera. Helga und die Eltern daheim würden staunen. Peter war sich klar, daß die beiden medizinische Hilfe brauchten. Zuerst wollte er sie mit in sein Hotel nehmen, doch dann fiel im ein, daß die Jungen fast nackt waren. Unmöglich konnte er mit diesen farbenprächtigen Gestalten im Hotel aufkreuzen. Was sollte er tun? Wieder setzte er sich vor sie hin, zeigte auf seine Brust und vollführte anschließend die Pantomime des Treppenlaufens. Er deutete hinüber zum Ende der Lichtung, machte mit dem Finger einen Kreisbogen, dann erneut das Treppenlaufen und deutete schließlich auf den Boden. Die Burschen schienen clever zu sein, sie begriffen sofort und nickten eifrig. In voller Absicht ließ Peter seine Umhängetasche bei ihnen. Das sollte für sie der Beweis sein, daß er zurückkehre. Dann kletterte er bedächtig die Stufen der Pyramide hinunter.

Helga erwartete ihn mit einem Buch in der Hand. Sie habe nicht schlafen können und sich Gedanken um ihn gemacht, sagte sie. Peter küßte seine Freundin und bat, sie möge ihm zuhören. Dann erzählte er sein kurioses Erlebnis und zeigte ihr ein Foto aus der Sofortbildkamera.

„Die sehen ja wirklich drollig aus." Helga schüttelte ihren Kopf. „Woher mögen die nur kommen?"

„Ich habe nicht die leiseste Ahnung", antwortete Peter. Was mich verwirrt ist die Tatsache, daß die Jungens kein Wort Spanisch verstehen. Alle Indios in Zentralamerika sprechen neben ihrer Stammessprache auch noch Spanisch. Es ist die übergeordnete Landessprache, man hört sie am Radio, im Fernsehen, in der Schule, einfach überall. Weshalb verstehen die kein Spanisch?"

„Vielleicht kommen sie aus einer anderen Zeit?" Helga warf es ganz nebensächlich hin. Sie hatte es eher als Spaß gemeint.

„W-a-s sagst du da? Du liest wohl zuviele utopische Romane? Niemand kann aus einer anderen Zeit in die Gegenwart kommen!"

„Da bin ich mir nicht so sicher", lächelte Helga spitzbübisch." Ich las kürzlich in einer angesehenen Zeitung einen Artikel, in dem zwei amerikanische Physiker behaupteten,

Zeitreisen könnten unter ganz bestimmten Voraussetzungen möglich sein. Ich weiß nicht mehr, um was es ging, doch habe ich die Zeitung nicht weggeschmissen."

Peter wurde sehr nachdenklich. Er weigerte sich, etwas derart Phantastisches durchzudenken. Doch vorerst brauchten die beiden Jungen Hilfe. Peter packte Verbandszeug in eine Kunststofftüte, dazu noch vier Schweizer Schokoladen, zwei Apfelsinen und zwei Bananen, die von der Hotelleitung auf den Tisch gestellt worden waren. Helga wollte mitkommen, doch Peter machte ihr klar, daß die archäologische Zone geschlossen sei und er sich regelrecht in der Dunkelheit an die Pyramide heranschleichen müsse.

„Dann nimm wenigstens eine Taschenlampe mit", beharrte Helga. „Und etwas zum Anziehen für die beiden Burschen!"

„Und woher soll ich jetzt eine Taschenlampe zaubern?"

Helga lächelte ihr verführerisches Lächeln, griff in ihre Handtasche und zog eine kleine Stablampe hervor.

„Wir Frauen sind eben doch klüger als ihr Männer!"

Peter kramte im Koffer, fand eine weiße Turnhose und das Unterteil seines Trainingsanzuges, den er zum Joggen trug. Schließlich stopfte er noch zwei T-Shirts in seine Plastiktüte.

Als er keuchend auf der Pyramidenspitze anlangte, erwarteten ihn Yum und Xixli bereits. Ein fahler Mond war aufgegangen und beleuchtete die Szene in einem blaßblauen Licht. Peter zeigte den Jungen, wie man Schokolade aß und sie genossen es mit lautem Schmatzen. Als er die Taschenlampe anzündete, zuckten sie nur kurz zusammen. Sie lernten sehr rasch. Peter drückte Xixli die Lampe in die Hand und bedeutete ihm, den Lichtstrahl auf Yums Arm zu lenken. Dann versorgte und verband er die Wunden fachmännisch. Dasselbe geschah mit Xixli, und Yum hielt die Lampe. Jetzt war noch das Problem mit den Hosen. Als Arzt hatte Peter unzählige nackte Menschen gesehen, doch wie sollte er den Burschen klarmachen, daß sie ihre Schürzen ausziehen mußten? Schließlich zog er seine eigenen Jeans aus, er trug ja noch Unterhosen darunter, und dann schälte er sich wieder hinein.

Skulpturen an den Seitenwänden des Ballspielplatzes zeigen Wesen mit rechteckigen Geräten in der Hand.

Er trat zu Yum Pox, knöpfte die Schnüre seiner Schürze auf und hielt ihm die Trainingshosen hin. Yum schaute ihn fragend an. Peter deutete auf seine Hosen und der Junge begriff. Dasselbe geschah mit Xixli. Schließlich streifte Peter jedem ein T-Shirt über. Die blauen Schürzen der beiden stopfte Peter achtlos in seine Plastiktüte. Als die Burschen sich im fahlen Mondlicht betrachteten, begannen sie lauthals zu lachen. Jeder zeigte auf den anderen, wie glückliche Kinder hüpften sie von einem Bein auf das andere.

Geschafft – dachte Peter, doch wie sollte es weitergehen? Da er es selbst nicht wußte, beschloß er, die Jungen morgen wieder zu besuchen. Bis dann war ihm vielleicht die erleuchtende Idee gekommen. Peter wies zum Mond, imitierte dann erneut das Treppensteigen, deutete auf den Rand der Lichtung und wieder zurück zur Pyramide. Dann wieder den Finger zum Mond und einen großen Kreis. Das sollte bedeuten: Wenn der Mond wieder an der Stelle steht, bin ich wieder da. Xixli und Yum nickten heftig.

Die Rettung

Mit Ausnahme einer kurzen Mittagspause verbrachten Helga und Peter den ganzen Tag auf dem archäologischen Gelände. Zuerst besichtigten sie das Observatorium der Maya, ein phantastischer Rundbau, der auf zwei gewaltigen Terrassen errichtet worden war. Aus der Literatur wußte Peter, daß die Maya den perfektesten Kalender der alten Völker beherrschten. Auch ihre astronomischen Kenntnisse waren unglaublich fortgeschritten.

„Wußtest du eigentlich, daß der Dresdner Codex sagenhafte astronomische Berechnungen enthält?", fragte Peter auf der obersten Stufe des Observatoriums.

„Und was – mein Herr", spöttelte Helga, „ist dieser <Dresdner Codex>?"

„Ach so! Du bist von der Maya-Literatur noch nicht geküßt worden!" frotzelte Peter. „Also laß dich belehren. Als die Spanier vor rund vier Jahrhunderten Zentralamerika eroberten, fanden sie unzählige Handschriften der Maya. Das waren vierfarbig bemalte Bücher, eine Art von Zeichenschrift. Leider dachten die Spanier, es handle sich dabei nur um Aberglaube und Teufelswerk. Deshalb verbrannten sie alles, was sic in die Hände kriegten. Unschätzbare Werte gingen verloren, lösten sich auf öffentlichen Plätzen in Rauch auf."

„Und was hat das mit diesem <Dresdner Codex> und dem Observatorium, auf dem wir stehen, zu tun?"

„Hab etwas Geduld mit mir, mein Schatz! Rom ist auch nicht an einem Tag erbaut worden. Die Spanier machten also kaputt, was ihnen in die Hände fiel. Sie verbrannten wertvolle Handschriften, zerstörten Tempel und Kultgefäße, Altäre und Götterbilder. Durch irgendeinen Zufall – man weiß heute noch nicht wie – überlebten drei Maya-Handschriften die Zerstörungswut. Diese Schriften tragen den Namen <Codex>. Sie werden in den Städten Madrid, Paris und Dresden aufbewahrt und heißen deshalb <Madrider Codex>, <Pariser Codex> und <Dresdner Codex>. Kapiert, mein Engelchen?"

Helga kicherte: „Für wie doof hältst du mich eigentlich? Und was steht nun in diesem <Dresdner Codex>?"

Peter blätterte in einem Taschenbuch, das er als Reiseführer mitgenommen hatte. Da steht es: „Elf Blätter des Dresdner Codex enthalten astronomische Steckbriefe der Venus, zwei Blätter befassen sich mit der Marsbahn, vier mit dem Jupiter, acht Blätter sind vornehmlich dem Mond, dem Merkur und dem Saturn gewidmet, doch fehlen auch der Polarstern, die Sternbilder der Plejaden, der Zwillinge, des Orion und des Sirius in der präzisen Abhandlung nicht. Sogar Kometen werden beschrieben. Zudem enthält der Dresdner Codex eine sogenannte <Finsternistafel>, auf der jede Sonnen- und Mondfinsternis der Vergangenheit und der Zukunft genau eingezeichnet ist."

„Toll", antwortete Helga. „Die Maya-Priester hatten schließlich genug Zeit, das Firmament zu beobachten."

„Das reicht eben nicht", erwiderte Peter ungehalten. „Daß die Maya von den glitzernden Punkten am nächtlichen Himmel fasziniert waren, ist verständlich. Daß Maya-Astronomen sich vom Auf- und Untergehen markanter Sterne Notizen machten, ist auch einzusehen. Auf diese Art mögen in langen Jahrhunderten Tabellen entstanden sein. „Aber" – Peter holte tief Luft – „die Maya lebten in einem geographischen Raum, der für ständige Himmelsbeobachtungen in keiner Weise ideale Verhältnisse bot. Schau dich doch um! Aus dem dampfenden Dschungel stiegen damals wie heute Schwaden auf, legten sich als Dunstglocke über den Urwald. Tropische Regenwolken verhinderten mindestens die Hälfte des Jahres die klare Sicht zum nächtlichen Firmament. Zudem kannten die Maya die Bahnen der einzelnen Planeten in Relation zueinander. Wenn Mars am Punkt x steht, wo steht dann die Venus im Verhältnis zum Jupiter? Die Maya-Astronomen wußten es. Woher?"

„Was schaust du mich so an?“ lachte Helga unbekümmert. „Ich weiß es doch auch nicht. Immerhin beweist das Observatorium, auf dem wir stehen, daß die Maya es verstanden, ihre astronomischen Beobachtungen hoch *über* den Wipfeln der Urwaldriesen zu machen. Vielleicht verfügten sie über gute Teleskope oder andere Meßinstrumente.“

„Helga!“ Peter sagte es fast flehentlich. „Die Maya waren ein Steinzeitvolk. Sie kannten weder Eisen noch Stahl, und hatten schon gar keine Fernrohre. Auch die exakten Meßinstrumente, die heutigen Astronomen zur Verfügung stehen, fehlten vollkommen! Die Maya kannten die Umlaufbahn der Erde um die Sonne mit vier Stellen hinter dem Komma – mit 365,2421 Tagen. Die Ziffer ist genauer als die unseres Kalenders, der mit 365,2424 Tagen rechnet. Heute liefern Computer eine Umlaufzeit von 365,2422 Tagen. Verstehst du? Die Maya operierten mit einer unglaublichen Präzision! Die Bahndaten der Venus kannten sie derart genau, daß sie in einem vollen Jahrhundert nur um eine knappe halbe Stunde, in 6000 Jahren nur um einen einzigen Tag differierten. Dabei existierte die Kultur der Maya gar keine 6000 Jahre. Sie hatten also keine Gelegenheit um nachzuprüfen, ob ihre Berechnungen stimmten!“

„Jetzt beruhige dich mal wieder!“ sagte Helga versöhnlich. „Du redest dich ja regelrecht in Begeisterung. Wie lange gab es denn dieses Volk der Maya?“

„Auch das weiß niemand so richtig“, entgegnete Peter in einem belehrenden Tonfall. „Die älteste Stadt der Maya soll Tikal gewesen sein, eine gigantische Pyramidenstadt, die im heutigen Guatemala liegt. Mit ihrem Bau soll etwa um 800 bis 1000 v.Chr. begonnen worden sein. Doch der Kalender, nach dem sich die Maya richteten, begann komischerweise bereits im Jahre 3114 v.Chr. …“

„… wieso denn das …?“ unterbrach Helga.

„Frag mich nicht“, erwiderte Peter mit einem breiten Grinsen. „Normalerweise beginnt jeder Kalender mit einem sehr bedeutungsvollen Ereignis. Für die Christen war die Geburt Jesu der Startschuß des Kalenders. Auch für die Vorfahren der Maya muß um 3114 v.Chr. irgend etwas Wichtiges geschehen sein, sonst hätten sie damals nicht mit der Zählung des Kalenders begonnen."

Der Tag war heiß, schwül und feucht, doch dies waren wohl alle Tage im Urwald von Mexiko. Trotz seiner Begeisterung für die Maya-Astronomie mußte Peter immer wieder an Yum und Xixli denken. Wo versteckten sie sich? Fürchteten sie sich vielleicht vor den Hunderten von Touristen, die auch in diesem Moment die Kukulkan-Pyramide erkletterten? Oder waren sie gar entdeckt und in ein Polizeigefängnis gebracht worden?

Peter und Helga kletterten eine Wendeltreppe hinunter, die an die Windungen eines Schneckenhäuschens erinnerte. Deshalb nannte man das Observatorium auch <Caracol> = Schnecke. Der eigentliche Aussichtsturm dieses Observatoriums war immerhin rund 12 Meter hoch und die Öffnungen an der Spitze so angelegt, daß der Betrachter die Tag- und Nachtgleichen im Frühjahr und Herbst beobachten konnte.

Jetzt schlenderte das Liebespärchen gemütlich hinüber zum <Cenote>, das war der heilige Opferteich der Maya. Das Gelände blieb Gott sei Dank flach. Bei der feuchten Hitze hätte jede Steigung eine besondere Kraftanstrengung verlangt. Die T-Shirts waren ohnehin schon schweißverklebt und gierige Moskitos saugten sich immer wieder an ihnen fest. Vor dem Opferteich blieb das Pärchen stehen. Ein Reiseleiter erklärte seiner Gruppe, dieser Teich werde auch <heiliger Brunnen> genannt. Man wisse, daß die Maya hier schreckliche Ritualmorde zelebriert hätten, um die Götter gnädig zu stimmen. Eine ältere Dame beugte sich über den Rand des kreisrunden Loches und beäugte angewidert die braune Lauge in der Tiefe. Wie denn dieses Loch entstanden sei, wollte sie von ihrem Reiseleiter wissen, und ob es denn Beweise für die Menschenopfer gebe. Geduldig und freundlich belehrte der Reiseleiter:

„Man streitet noch darüber, wie der Teich entstanden ist. Früher glaubte man, es handle sich um ein natürliches Karstloch, wie es auch andere in Yukatan gibt. Derartige Löcher entstehen, wenn der Kalksteinboden einbricht und sich dann Grundwasser sammelt. Heute meinen Wissenschaftler der amerikanischen Weltraumbehörde NASA, die Löcher seien durch Meteoriteneinschlag entstanden. Dabei sei ein großer Meteorit in viele kleinere Teile zerborsten, die sich wie überdimensionierte Weltraumgeschoße in den Boden bohrten. Und die Opferung? Das sei eine wissenschaftlich erhärtete Tatsache, erklärte der Reiseleiter. Taucher hätten nämlich in der scheußlichen Brühe viele Skelette, doch auch Opfergegenstände aus Gold, Silber, Keramik und verfaultem Holz gefunden. Sogar einige Perlen seien zum Vorschein gekommen.

Die alte Dame erschauderte: „Schrecklich, diese Primitiven!"

Peter hätte am liebsten eingegriffen und ihr klargemacht, daß die Maya ein wunderbares Kulturvolk waren, das erst durch die weißen Eroberer zu <Primitiven> gestempelt wurde. Doch es war nicht seine Sache, sich in die Diskussion einer fremden Reisegruppe zu mischen. Zudem mußte er immer wieder an Xixli und Yum denken. Wie ging es ihnen? Brauchten sie vielleicht seine Hilfe?

„Laß uns zum Hauptplatz hinübergehen", schlug er vor. „Den Ballspielplatz, den Tempel der 1000 Säulen und all die anderen Monumente können wir in den nächsten Tagen fotografieren."

„Von mir aus", erwiderte Helga. „Vielleicht bekomme ich bei dieser Gelegenheit deine nächtlichen Freunde zu Gesicht."

Auf dem Platz vor der großen Pyramide schlenderten mehrere Gruppen von Touristen herum. Viele trugen Coca-Dosen oder Kunststoffflaschen mit Mineralwasser mit sich. Die Menschen fotografierten sich gegenseitig, lachten und erkletterten mit Hurra-Rufen die 91 Stufen der Pyramide, als ob sie das Matterhorn bestiegen. Peter und Helga nahmen gemächlich Stufe um Stufe.

„Da oben möchte ich aber nicht wohnen!" rief Helga. „Die tägliche Kletterei geht ja fürchterlich in die Knochen!"

Oben angekommen, schaute sich Peter in dem kleinen Tempel um. Von den Jünglingen war nichts zu sehen. Peter wartete, bis die letzte Touristengruppe die Pyramidenspitze verließ. In der Rückwand entdeckte er ein schmales, dunkles Loch, das in die Tiefe zu führen schien.

„Yum! Xixli!“ rief er, und als keine Antwort kam, wiederholte er seine Rufe lauter. Helga paßte inzwischen auf und warnte Peter vor neuen Touristengruppen, doch im Moment schien niemand Lust zum Treppensteigen zu verspüren. Peter zwängte sich in das Loch und bemerkte einige Stufen.

„Hast du deine Taschenlampe hier?“ fragte er. Sie klaubte in ihrer Handtasche und reichte sie ihm. Peter stieg einige Stufen der engen Treppe hinunter und rief immer wieder nach Xixli und Yum. Die Stiege wollte nicht mehr enden. Endlich gelangte Peter an ein Eisengitter, aus dem ein Stab herausgebrochen war. Peter leuchtete in einen niedrigen Raum. Die beiden Jungen lagen neben einem in Stein gehauenen Jaguar am Boden und blinzelten verängstigt in den Strahl seiner kleinen Lampe. Peter registrierte sofort, daß etwas nicht stimmte. Es stank nach Urin und Schweiß. Die T-Shirts, welche Peter den Burschen gestern Nacht gegeben hatte, waren tropfnaß. Peter berührte die Wangen und Stirnen der Jungen, mass den Puls und diagnostizierte hohes Fieber. Er leuchtete mit dem Lichtstrahl auf sich und bedeutete, daß er wiederkommen würde.

Oben wartete Helga ungeduldig.

„Hast du noch Coca oder Mineralwasser?“

„Nein, aber da liegen doch angebrauchte Dosen und Flaschen von den Touristen.“ Hastig erklärte Peter den Zustand der Jungen.

„Du gehst bitte sofort ins Hotel zurück und mietest ein Doppelzimmer, möglichst neben dem unseren. Noch besser mit einer Verbindungstüre. Egal was es kostet! Ich hole inzwischen die Burschen aus ihrem feucht-finsteren Loch. Wenn du den Zimmerschlüssel hast, kommst du dort an den Rand der Lichtung und winkst mir mit irgendeinem Tuch zu.

Ich schleuse dann die beiden am Empfang vorbei direkt aufs Zimmer! Alles klar?“

„Alles klar, Herr Feldmarschall“, spottete Helga lächelnd und wandte sich zur Stiege.

„Moment noch! Hast du Taschentücher bei dir und eventuell etwas Kölnischwasser?“

Helga lachte übers ganze Gesicht: „An dir ist tatsächlich ein General verloren gegangen!“ Sie schmiß ihm ein Päckchen Papiertaschentücher zu und drückte ihm ein kleines Fläschchen in die Hand.

Peter goß die Überreste von vier Mineralwasserflaschen zusammen und stampfte wieder in die Tiefe. Ganz unbewußt zählte er die Stufen. Es waren 52 bis zur Gruft, in der Xixli und Yum lagen. Peter beugte sich über die Jünglinge, nahm einzeln ihre Köpfe in den Arm, flößte Mineralwasser in die ausgedorrten Lippen. Die Jungen mußten irgendeine Infektion aufgelesen haben, die ihr Immunsystem überforderte. Wie es möglich war, daß eine Infektion in derart kurzer Zeit von knapp 20 Stunden ausbrechen konnte, begriff Peter nicht. Noch nicht!

Nachdem das Wasser gierig ausgetrunken war, bedeutete er den beiden, mitzukommen. Fröstelnd und mit glasigen Augen erhoben sie sich, tappten langsam und keuchend hinter Peter her, der sich bemühte, alle fünf Stufen eine Pause einzulegen. Er konnte ihnen beim Treppenlaufen nicht helfen, die Stiege war zu eng. Oben angekommen hörte er als erstes die Trillerpfeifen der Wächter. Sie pfiffen zum Feierabend und forderten die Touristen auf, das Gelände zu verlassen. Müde lehnten sich Xixli und Yum an eine Rückwand. Peter beträufelte die Papiertaschentücher mit Kölnischwasser und begann, ihre Gesichter von den Farben zu reinigen. Er postierte sich so, daß er stets den Rand der Lichtung im Auge behielt, um Helgas Signale nicht zu verpassen. Von unten bemerkte ihn ein Wächter, der pfiff dreimal und forderte Peter durch Gesten auf, die Pyramidenspitze zu verlassen.

„Si! Si!“ (Ja, ja!) schrie Peter und reinigte gleichzeitig das Gesicht von Yum. Da Helgas Zeichen immer noch nicht kam, begann er, mit den Jünglingen, die 91 Stufen hinunterzuklettern. Sie machten große Augen und schienen völlig verwirrt. Immer wieder guckten sie nach allen Seiten, als ob sie sich in einer Gespensterlandschaft bewegten. Von Zeit zu Zeit warfen sie sich irgendwelche Sätze zu und deuteten auf die Ruinen unter ihnen. Trotz der Fiebermüdigkeit schienen sie innerlich sehr erregt. Nach der letzten Stufe ergriff Peter ihre Hände – rechts und links einen Knaben – und marschierte auf das Ende des großen Platzes zu. In dem Moment kam auch Helga und begann mit einem Handtuch zu winken.

Helga erkannte die Situation sofort. Sie war ein Prachtmädchen und handelte, ohne im falschen Moment Fragen zu stellen. Sie hakte sich Yum unter, der es willig geschehen ließ, und schritt zielstrebig zu einem der drei Eingänge des Hotels. Vorbei am Swimmingpool im Innenhof, dann noch eine Treppe höher und in ein geräumiges Zimmer mit zwei getrennten Betten. Gott sei dank lag das Zimmer direkt neben ihrem eigenen.

Apathisch lehnten die beiden Jünglinge neben der Türe. Sie schienen nicht zu realisieren, was mit ihnen geschah, und wo sie sich befanden. Immer wieder starrten sie zur Deckenlampe, als ob sie noch nie elektrisches Licht gesehen hätten. Peter kommandierte die Situation wie ein erfahrener Krisenmanager:

„Bitte, Helga, verlange eine telefonische Verbindung mit der Schweiz. Ich brauche dringend meinen Vater. Schrei rüber, wenn du sie hast!“

Peters Vater war Chefarzt in einem großen Krankenhaus. Er galt als gutmütiger, weitsichtiger Mann mit viel medizinischer Erfahrung. Alle mochten ihn und wegen seines Vaters hatte Peter das Studium der Medizin ergriffen. Jetzt brauchte der Sohn dringend den Rat vom Älteren. Während sie auf die Verbindung in die Schweiz warteten, zog Peter einen Burschen nach dem andern aus, steckte sie einzeln unter die Dusche und rieb mit einem feuchten Tuch ihre Bemalung vom Körper. Verblüfft glotzten die Jungen immer wieder zur Brause, aus der das lauwarme Wasser schoß. Dann trocknete er sie mit einem Frottiertuch und streifte jedem frische Unterwäsche über. Schließlich stopfte er jedem eine Multivitaminkapsel in den Mund, es war das einzige, was er zur Hand hatte. Helga besorgte lauwarmen Kräutertee, und nachdem die Jünglinge auch den geschlürft hatten, schliefen sie todmüde ein.

„Bitte, Helga, stelle an der Rezeption fest, ob es im Dorf eine Apotheke gibt. Dann brauche ich sofort nach dem Telefonat mit meinem Vater ein Taxi." Peter blickte auf die beiden Jünglinge. Sie atmeten gleichmäßig. Was mochten sie nur aufgelesen haben? Da Peter absolut sicher war, daß es sich weder um ein Alkohol- noch um ein Drogenproblem handelte, blieb eigentlich nur noch eine Infektion. Er fragte sich, ob die beiden wohl zum ersten Male in ihrem Leben in einem richtigen Bett mit Leintüchern lagen?

Endlich klappte die Verbindung mit der Schweiz. Nach dem üblichen „Hallo" und „uns-geht's-gut" fragte Peter nach seinem Vater. In Chichen Itza war es zwar etwa 17.30 Uhr, doch in der Schweiz mußte es gegen 22.30 Uhr nachts sein.

„Du mußt aber Probleme haben, mein Sohn, wenn du deinen alten Mann aus dem Bett holst", lachte der gutmütig am anderen Ende der Leitung. „Leg los, was plagt dich?"

Peter schilderte knapp die Situation.

„Wie hoch ist der Puls?" fragte der Vater.

„120!"

„Sind die Pupillen erweitert? Hast du die Lymphdrüsen abgetastet? Die Brust abgehorcht?"

„Vater", schrie Peter fast verzweifelt in die Sprechmuschel, „ich *habe* keine Praxis hier. Nicht einmal ein Stethoskop!"

„Dann solltest du einen lokalen Arzt herbeiziehen oder zumindest ein Stethoskop besorgen. Jede bessere Apotheke hat eines. Vergiß auch nicht den Bauch abzutasten und achte auf die Schmerzreaktion deiner Patienten. Vielleicht haben sie eine innere Entzündung."

Vater und Sohn vereinbarten ein neues Gespräch in einer Stunde. Bis dann sollte Peter die gewünschten Untersuchungen gemacht haben. Vor dem Hoteleingang wartete schon das Taxi. Peter ließ sich zur einzigen Apotheke im Ort chauffieren. Sie war besser bestückt als er befürchtet hatte, und der Apotheker erwies sich als freundlicher Herr mit drei Jahren praktischer Erfahrung in den USA.

„Gibt es hier einen Arzt?" war Peters erste Frage. Dann: „Haben Sie ein Stethoskop? Wie lange haben Sie abends geöffnet? Kann ich in einer Stunde wiederkommen?"

Der Apotheker antwortete in gutem Englisch, der Arzt sei erst übermorgen wieder im Dorf. Natürlich habe er ein Stethoskosp und Peter dürfe ihn am Abend stören, solange er möchte. Also zurück ins Hotel. Peter setzte sich an den Bettrand von Xixli, begann, seine Brust abzuhorchen. Xixli erwachte, starrte Peter mit großen, erwartungsvollen Augen an. Er ließ es auch widerstandslos geschehen, als Peter den Bauch abtastete. Schmerzen schien er keine zu haben, denn er zeigte keinerlei Reaktion. Peter griff nach den Halsdrüsen, bewegte seine Finger zu den Drüsenpunkten unter der Achselhöhle. Dann bat er Xixli, indem er es vormachte, den Mund zu öffnen und die Zunge herauszustrecken. Mit Helgas Lampe leuchtete Peter in den Rachenraum. Die Zunge war belegt, die Mandeln leicht angeschwollen.

Anschließend die gleiche Prozedur bei Yum. Peter stellte bei beiden Patienten die gleichen Symptome fest: Ein verschärftes Atemgeräusch im linken Unterfeld der Brust, dazu klingelnde Rasselgeräusche aus der Lungengegend. Helga hatte inzwischen Essig besorgt und wickelte kühle, essigfeuchte Tücher um die Oberschenkel der Burschen. Da klingelte auch schon das Telefon. Gespräch aus der Schweiz. Peter teilte dem Vater die Daten seiner Untersuchung mit, und der meinte bedächtig:

„Ich tippe auf eine atypische Pneumonie, also eine Lungenentzündung, entstanden zum Beispiel durch Mykoplasmen. Beschaffe dir ein Breitbandantibiotikum, am besten <Erythromycin>. Sollte eine Verschlimmerung des Zustandes eintreten, mußt du die beiden in ein Spital bringen. Du darfst die Verantwortung für ihr Leben nicht allein übernehmen. Und noch etwas: Es könnte sein, daß deine Patienten sehr schnell Durchfall kriegen. Besorge dir deshalb eine <Tinktura opii> (= Opiumtropfen, in der Medizin in solchen Fällen üblich). Verabreiche dreimal fünfzehn Tropfen am Tag."

Peter wollte die Einlieferung in ein Krankenhaus möglichst vermeiden. Er wußte schließlich, daß die Burschen keine Landessprache beherrschten und offensichtlich völlig verängstigt und durcheinander waren. Zudem bezweifelte er die Sauberkeit der Krankenhäuser in Yukatan. Irgend etwas drängte ihn, die Jungen persönlich zu behandeln, solange dies möglich war.

Erneut ließ sich Peter zur Apotheke fahren. Zurück im Hotelzimmer steckte er jedem der Burschen zwei Kapseln <Erythromycin> in den Mund und veranlaßte sie, Tee hinterher zu trinken. Inzwischen war es abends acht Uhr geworden. Peter verspürte Hunger.

„Helga", sagte er, „ich möchte Xixli und Yum vorerst nicht allein lassen. Wenn sie aufwachen, befinden sie sich in einer fremden Umgebung und machen vielleicht etwas falsch. Uns bleibt nur übrig, entweder getrennt essen zu gehen oder uns eine Mahlzeit aufs Zimmer zu holen. Was meinst du?"

„Das wird ja ein spaßiger Urlaub", schmollte Helga. „Ich hätte mir nie träumen lassen, daß aus meinem Hotelzimmer ein Krankenhaus wird und ich auch noch zwei wildfremde Menschen pflege. Ist dir eigentlich klar, daß die beiden auch *uns* anstecken könnten?"

„Wir sind gegen ernsthafte Krankheiten wie Cholera, Typhus, Malaria und andere Schrecken geimpft. Zudem können *wir* uns helfen. Die beiden da drüben können es offensichtlich nicht."

„Ist ja nicht böse gemeint“, erwiderte Helga versöhnlich. „Also – auf was hast du Lust? Ein Steak, ein Hähnchen oder vielleicht Spaghetti?“

Eine halbe Stunde später tafelten sie gemütlich in ihrem Zimmer. Sogar eine Flasche Rotwein hatte Peter aufgetrieben. Wie gut seine Überlegung war, die beiden Jungen nicht alleine zu lassen, zeigte sich zwei Stunden später. Plötzlich stand Yum auf der Türschwelle. Zögernd formulierte er:

„Pe-ter?“

„Ja, was hast du?“ Peter machte ein fragendes Gesicht. Irgend etwas schien Yum zu plagen, doch er konnte sich nicht ausdrücken. Schließlich trat er zu Peter und zog ihn sachte am Hemd in sein Zimmer hinüber. Als sie alleine waren, deutete er nach unten, zwischen die Beine.

„Du meine Güte!“ lachte Peter. „Der muß mal ...“

Peter zeigte Yum das Badezimmer und die Toilettenschüssel. Mit einer eindeutigen Geste demonstrierte er ihm, wozu die Schüssel diente. Anschließend betätigte er den Hebel für die Spülung. Verdattert starrte Yum auf das Wasser, das aus der Wand kam. Er lächelte, griff zögernd mit der Hand nach dem Hebel und betätigte ihn ein zweites Mal. Als das Wasser wieder rauschte, wollte er die Hände darin eintauchen.

„Nein!“ schrie Peter und riß ihm die Hände weg. Er führte Yum zum Wasserbecken, ließ frisches Wasser laufen und wusch sich vor ihm die Hände. Auch dies wiederholte Yum mehrere Male. Geradezu mit Verzückung drehte er den Wasserhahn auf und zu, auf und zu. Anschließend gab Peter dem Burschen ein frisches, trockenes Unterleibchen. Wieder am Tisch bei Helga meinte diese:

„Das gibt's doch nicht! Wo sind wir denn eigentlich? Zwei Burschen die in unserer Welt nicht wissen, was eine Kloschüssel und ein Wasserhahn ist. Auf welchem Planeten sind die bloß aufgewachsen? Jetzt fehlt eigentlich nur noch, daß du denen die Windeln umlegen mußt!“

„Sei nicht ungerecht,“ meckerte Peter. „Vielleicht kommen sie tatsächlich aus einer anderen Zeit. Das war schließlich deine Idee!“

40 Minuten später hörten sie, wie die beiden Burschen im Nebenzimmer sprachen. Dann rauschte die Spülung der Toilette und gleich hinterher der Wasserhahn. Peter ging die paar Schritte ins Nebenzimmer. Yum war gerade dabei, Xixli die Funktionen der Hähne und Hebel zu demonstrieren. Peter reichte auch Xixli ein trockenes Leibchen, drückte jedem noch einmal ein Medikament zwischen die Lippen und komplimentierte sie wieder ins Bett.

„Wie soll das weitergehen?“ fragte Helga. „Was gedenkt der Herr zu tun, wenn die beiden Patienten wieder gesund sind?“

„Hier am Ort gibt es eine Polizeistation. Wegen der vielen Touristen wird man auch Englisch sprechen. Ich werde hingehen und mich erkundigen, ob zwei Jünglinge vermißt werden. Ich habe noch drei Fotos von der Sofortbildkamera. Die werde ich zeigen. Vielleicht kennt man die beiden?“

„Vielleicht ... vielleicht ...“, echote Helga. „Vielleicht sind sie auch aus einer Irrenanstalt ausgebrochen.“

„Du bist ungerecht!“ maulte Peter zurück. „Wie Irre sehen die beiden nun wirklich nicht aus.“ Nach einigen harmlosen Wortgeplänkeln legten sich Helga und Peter schließlich ins Bett.

Am anderen Morgen ging Peter zur kleinen Polizeistation. Helga fütterte inzwischen die Patienten mit Müsli und Tee. Zudem kriegten sie ihre Ladung an Medikamenten. Der diensthabende Polizist war Indio und verstand außer „Good morning, good evening“ und „Yes Sir“ kein Englisch. Peter wanderte zur archäologischen Zone zurück und engagierte einen deutschsprechenden Führer mit dem Namen Michael. Er erklärte ihm, was er wollte und Michael erklärte es dem Polizisten. Schließlich zeigte Peter ein Foto der beiden, als sie noch ihre farbenprächtige Bemalung trugen. Das Gespräch erbrachte kein Resultat. Niemand wurde vermißt, keine Jungen waren irgendwo ausgebrochen, und über das Foto lachte der Polizist nur. Etwas wegwerfend meinte er:

„Vermutlich zwei Spinner!“ Immerhin wollte er noch wissen, wo denn die beiden jetzt seien. Peter log, er wisse es nicht. Er wollte vermeiden, daß die Polizei seine Schützlinge womöglich in Gewahrsam nahm. Anschließend bat Peter den Reiseleiter in ein Restaurant. Er erfuhr, Michael sei in der Nähe von Tulum an der karibischen Küste aufgewachsen, doch habe er sechs Jahre an der Deutschen Schule in Merida studieren dürfen.

„Kennen Sie Tulum?“

„Noch nicht“, antwortete Peter. „Aber ich möchte es besuchen. Dort gibt es doch auch Maya-Ruinen.“

„Ich werde sie führen“, bot Michael an. „Ich kenne auch die anderen Mayastädte in der Umgebung. Und ich bin nicht teuer!“

Peter sagte, er wolle sich das überlegen. Einer plötzlichen Eingebung folgend, fragte er:

„Die Eingeborenen hier sind doch alle Nachfahren der Maya ...“

„... lange nicht alle“, unterbrach Michael. „Viele, wie ich selbst, sind Nachfahren der Spanier, andere sind eingewandert, und unter den Indios gibt es die verschiedensten Mischungen. Ein reinrassiger Lakandon-Indianer ist nicht dasselbe wie einer aus Chichen.“

„Welche Sprache sprechen diese Indiostämme eigentlich?“ wollte Peter wissen.

„Auch das ist verschieden“, belehrte ihn Michael. „Sie reden in ihren Dialekten und haben oft Mühe, sich untereinander zu verstehen. Die Indios im Hochland von Mexiko sprechen anders als die im Tiefland von Guatemala. Warum fragen Sie?“

Peter hatte einen Gedanken, der ihn nicht mehr los ließ. Gesetzt den Fall, Xixli und Yum kämen tatsächlich aus einer anderen Zeit, so müßte man jemanden finden, der sich mehr oder weniger mit ihnen verständigen konnte.

„Wird eigentlich die alte Sprache der Maya, die, welche vor Jahrhunderten gesprochen wurde, noch gepflegt?"

„Jetzt haben Sie Glück, daß Sie mit mir sprechen", erwiderte Michael stolz. „Einige Kilometer von dem Ort, wo ich aufgewachsen bin, lebt die Familie Itzá. Es sind reinrassige Indios: Der Vater und die Mutter sind direkte Abkömmlinge der Itzá, das war ein altes Adelsgeschlecht der Maya. Sie haben einen Sohn und zwei Töchter. Die Familie lebt in einem großen Haus, das früher einmal so eine Art Kloster für christliche Mönche war. Vater Itzá kennt man nur unter dem Namen <el Profesor>, obschon er kein richtiger Professor ist. Er studiert nämlich Zeit seines Lebens die alte Indiosprache. Schon sein Vater hatte diese Marotte und ich glaube, sogar sein Großvater. <El Profesor> hat sogar einige Hefte in der alten Indiosprache veröffentlicht, und von Zeit zu Zeit besuchen ihn Archäologen aus den USA und Europa. Die hoffen, mit Hilfe des <Professors> die alten Maya-Schriften entziffern zu können."

„Ich dachte, die seien längst entziffert?" bemerkte Peter erstaunt. „Jedenfalls habe ich über Kalenderzahlen und Daten im Dresdner Codex gelesen."

„Passen Sie auf", redete Michael, der eine ausgezeichnete Schulung bewies. „Am denkwürdigen 12. Juli 1562 stapelten sich vor der Kirche von San Miguel in Mani – das war die letzte Maya-Metropole – 5000 Götterbilder, 13 Altäre, 197 Kultgefäße und 27 wissenschaftliche und religiöse Werke, vierfarbig bebilderte Maya-Handschriften. Auf Befehl des Bischofs Diego de Landa, der damals das große Sagen hatte, wurde der Scheiterhaufen entzündet. Die Flammen fraßen unersetzliche Dokumente einer großen Kultur. In den nachfolgenden Wochen, Monaten und Jahren verbrannten die Missionare in blindem Eifer Maya-Handschriften, wo immer sie gefunden wurden. Eine einzige Katastrophe! Nur gerade drei Handschriften ..."

„Ich weiß!" unterbrach Peter: „Der Madrider-, der Pariser- und der Dresdner-Codex haben das Desaster überlebt. Und die kann man doch lesen – oder nicht?"

„Moment bitte! Nach der Vernichtung der Handschriften geriet Bischof de Landa in die Schußlinie am königlichen Hof von Madrid. Jetzt suchte er Freunde und tat sich ausgerechnet mit den Indios zusammen, die er früher heftig bekämpft hatte. In lateinischer Sprache notierte der Bischof, was seine neuen Freunde ihm über ihr Zahlensystem, ihre Astronomie und ihre Götterwelt berichteten. All dies schrieb er in eine Verteidigungsschrift des Titels: *Relación de las cosas de Yucatán,* auf deutsch: Bericht über die Dinge in Yukatan. Dieser Bericht des Bischofs wurde Mitte des letzten Jahrhunderts wiedergefunden. Und nur aufgrund dieses Berichtes gelang es, das Zahlen- und Astronomiewerk im Dresdner-Codex wenigstens teilweise zu entschlüsseln. Die Schriften im Pariser- oder Madrider-Codex kann man bis heute nicht entziffern."

„Wie sehen diese Maya-Handschriften eigentlich aus?" wollte Peter wissen.

„Die Seiten bestehen aus dünnen Schichten der Bastrinde des wilden Feigenbaumes. Dazu haben die Maya die Baumrinde zuerst weichgeklopft und mit dem Saft des Gummibaumes elastisch gemacht. Anschließend schmierten sie eine dünne Schicht von Stärke darauf, das ist das weiße Zeug, das beim Zerschneiden aus Kartoffeln und anderen Knollenpflanzen kommt. Schließlich haben sie die Blätter mit Kalkmilch überzogen und trocknen lassen. Auf diese Blätter pinselten die Maya mit zarten Federn oder Stäbchen ihre vierfarbigen Zeichnungen. Am Ende wurden die Blätter handorgelartig aneinander geklebt. Der Dresdner-Codex ist über sechs Meter lang. Beidseitig beschrieben!"

Stolz schwieg Michael.

„Und die Archäologen glauben, dieser Herr <Professor> aus der Familie der Itzá könne ihnen bei der Entzifferung helfen?" fragte Peter.

„Ja – aber das kann er natürlich nicht!"

„Weshalb nicht, wenn er doch ein echter Nachfahre einer Adelsfamilie der Maya ist?"

„Soviel wir wissen“, erklärte Michael geduldig, „konnten bei den alten Maya nur die Priester schreiben. Die Schrift war eine Art Geheimschrift, die dem Volk vorenthalten wurde. Zudem ist sie fürchterlich kompliziert. Ich habe in der Schule gelernt, alleine die drei vorhandenen Handschriften würden aus über 6700 Hauptzeichen und 7500 Nebenzeichen bestehen. Stellen Sie sich das einmal vor! Unser Alphabet besteht dagegen nur aus 24 Buchstaben! Von diesen Abertausenden von Zeichen kennen die Forscher bestenfalls 800. Das sind etwa lächerliche 5% aller Zeichen. Solange wir die Zeitmaschine nicht entdecken, werden wir die Maya-Handschriften wohl kaum entziffern können!“

‚Die Zeitmaschine‘, dachte Peter vor sich hin. Und wenn nun Xixli und Yum aus der Vergangenheit kämen? Könnten *sie* vielleicht die Maya-Schrift lesen? Dieser <Professor>, könnte er der Schlüssel zum Rätsel von Yum und Xixli sein?

„Könnten Sie mich zu <el Profesor> führen?“

Exakt auf der Pyramidentreppe entsteht ein Band aus Licht und Schatten, das sich die Treppe hinauf- oder hinunterbewegt. Je nach Datum. Gott Kukulkan besuchte die Menschen und verließ sie später wieder.

„Sicher!“ antwortete Michael selbstbewußt. „Wenn Sie möchten, können wir schon morgen fahren. Ich sagte Ihnen doch, meine Familie lebe bei Tulum, das ist ganz in der Nähe und meine Eltern freuen sich auch, wenn ich mich wieder mal zeige. Haben Sie ein Auto?“

„Ich habe einen Mietwagen“, entgegnete Peter. „Aber morgen ist es noch zu früh. Ich muß noch mit meiner Freundin sprechen.“ Peter verschwieg, daß er zuerst auf die Genesung seiner Patienten warten mußte.

Wieder im Hotel, blickten ihm die Jungen mit wachen Augen entgegen. Peter setzte sich an ihr Bett, maß den Puls, ließ sich den Rachen zeigen und horchte die Brust ab. Die Burschen hatten immer noch Fieber und der Puls betrug immer noch 110 Schläge pro Minute, doch der Gesundheitszustand war eindeutig besser als gestern, als er die Jungen in der stinkigen Jaguargrotte auflas. Innerlich triumphierte Peter. Er war auf dem richtigen Weg.

Die Verständigung

Das Krankheitsbild von Xixli und Yum verbesserte sich tagtäglich. Peter hatte ein paar Kleidungsstücke für die Jungen gekauft und Helga entpuppte sich als liebenswerte Krankenschwester und geduldige Sprachlehrerin. Bereits am vierten Tag saß sie mit den Burschen am Swimmingpool und brachte ihnen deutsche Vokabeln bei. Helga beherrschte kein Spanisch.

Xixli und Yum reihten Worte wie „Hunger“, „Essen“, „Trinken“, „Sonne“, „Mond“, „Sterne“ oder „Py-ra-mi-de“ und „Licht“, „Schatten“ zusammen. Vorerst ohne Tätigkeitswörter. Es klang reichlich durcheinander, doch man begann sich zu verstehen. Auch die Worte zum eigenen Körper – Augen, Ohren, Nase, Bauch, Hände, Füße – lernten die

Knaben sehr rasch. Als ein Autobus vor dem Hoteleingang hielt und ein Strom farbig bekleideter Touristen herausquoll, hetzten Xixli und Yum wie von Furien gejagt in den ersten Stock. Aus sicherer Distanz blickten sie hinunter zum fremdartigen Ungetüm. Peter nahm sie an den Händen:

„Au-to-bus", wiederholte er und zeigte mit dem Finger auf das grün-gelb lackierte Monstrum. Schließlich umrundeten sie den Bus gemeinsam in einem Viermeter-Abstand. Nach weiteren zwei Minuten wagten Xixli und Yum vorsichtig, den von der Sonne aufgeheizten Bus zu berühren. Fast im gleichen Augenblick startete der Fahrer den Anlasser. Eine dunkle Abgaswolke schoß aus dem Auspuff. Xixli und Yum hechteten in die nahen Büsche. Sie trauten sich erst wieder hervor, als der Bus ratternd und hupend seinen endgültigen Parkplatz erreicht hatte.

Gemeinsam beruhigten Peter und Helga die beiden Burschen:

„Wir sollten ein Bilderbuch kaufen und ihnen langsam die Errungenschaften unserer Zeit beibringen", schlug Helga vor.

„Kein schlechter Gedanke, kluges Mädel! Und weißt du, was mir immer mehr klar wird? Entweder haben die Jungen aus irgendeinem Schock heraus ihre Erinnerung verloren – oder sie stammen tatsächlich aus einer anderen Zeit. Es ist mir zwar vollkommen unverständlich, wie etwas Derartiges möglich wäre, doch darüber können wir uns zu Hause mit den Physikern unterhalten."

„Ich glaube nicht an den Verlust ihrer Erinnerung", warf Helga dazwischen. „Die Burschen haben eine rasche Auffassungsgabe und sind sehr intelligent. Schau nur, wie leicht sie unsere Vokabeln und Begriffe lernen."

Am fünften Tag wagten alle vier – Xixli, Yum, Helga und Peter – einen Spaziergang. Die Jungen auf etwas schwachen Füßen. Gemächlich schlenderten sie hinüber zum Opferteich. Je näher sie an das Wasserloch kamen, um so seltsamer verhielten sich Xixli und Yum. Dann stand die Vierergruppe am Rand des Teiches und blickte hinunter in die braune Sauce.

Nervös umklammerten die Burschen Peters Hände, sie schienen vor irgend etwas Angst zu haben. Schließlich löste Yum den Griff, deutete auf sich und Xixli und sagte stockend:

„Yum-Xi-xli-Körper-Wasser." Dazu machte er eine Bewegung, als ob er in den Teich springen wolle. Xixli seinerseits vollführte Schwimmbewegungen.

„Was meinen die nur?" sinnierte Peter laut. „Durst haben sie nicht, denn das Wörtchen «Durst» kennen sie ja. Ob die ins Wasser springen wollen?"

„Quatsch!" entgegnete Helga unwirsch. „Die wollen nicht in den Teich springen, schließlich kennen sie den Swimmingpool vom Hotel."

Jetzt griff Yum zu einem Ästchen. Er ritzte einen Kreis in den Boden und deutete auf den Teich. Dann zeichnete er eine doppelte Linie, die in östlicher Richtung vom Teich verlief. Schließlich eine zweite Doppellinie, die genau in südlicher Richtung auf die Pyramide von Kukulkan zuführte:

„Yum, Xixli – Wasser." Er vollführte die Bewegung des Springens und Schwimmens. „Yum, Xixli – da!" Yum deutete mit dem Ästchen auf die Doppellinie und zog sie langsam nach bis zur Pyramide. Dann vollführte er die Bewegung des Treppensteigens und zeigte auf Peter:

„Yum-Xixli-Pyramide, Peter-Pyramide-Mond."

Langsam dämmerte Helga und Peter, was Xixli ausdrücken wollte. Sie waren in den Teich gesprungen, in irgendeinem Stollen weitergekrochen, und hatten Peter auf der Pyramide getroffen, als der Mond schien. Aber *wann* war das geschehen? Am 21. September, als Peter die beiden auf der Pyramidenspitze traf – oder in einer anderen Zeit?

„Es muß in einer anderen Zeit gewesen sein", bemerkte Helga scharfsinnig. „Wäre es nämlich am 21. September dieses Jahres gewesen, so könnten die Jungen Spanisch sprechen. Logo?"

„Oder irgendeine Jugendbande hat die beiden mit Farbe angepinselt und vor einigen Tagen in den Teich geschmissen. Und dabei verloren sie ihre Erinnerung", konterte Peter.

Helga entgegnete hitzig: „Schau dir mal die Teichwände an! Da ist nichts, woran man sich festhalten könnte. Wie sollen die Jungen vom Teich zur Pyramide gekommen sein?"

„Das könnten wir doch nachprüfen", erwiderte Peter leise. „Machst du mit? Wir erkunden heute abend das Innere der Pyramide, vielleicht führt tatsächlich ein unterirdischer Korridor zum Opferteich?"

Peter besorgte sich vier Batterien zu Helgas Taschenlampe. Beim Hotelportier entlehnte er sich eine zweite Lampe. Helga meinte, es sei vernünftiger, wenn sie nicht mitkomme. So könne sie nämlich Hilfe rufen, wenn Peter nicht wieder auftauche. Peter blickte auf die beiden Jungen. Xixli machte einen kräftigeren Eindruck als Yum.

„Peter – Xixli – Pyramide?" Er blickte fragend zu Xixli. Der nickte. Nachdem die Touristen die archäologische Zone verlassen hatten, hängte sich Peter eine Kamera um und steckte einen Liter Mineralwasser sowie die beiden Taschenlampen in die Umhängetasche. Von Büschen und Bäumen verborgen, huschten die beiden um die archäologische Zone herum, und näherten sich der Pyramide von Süden. Hier gab es Sträucher, die bis 60 Meter an die Pyramide heranwuchsen. Als sie sicher waren, nicht beobachtet zu werden, spurteten Xixli und Peter die kurze Distanz bis zur südlichen Pyramidentreppe. Keuchend erklommen sie die Stufen und rollten sich oben auf dem Steinboden zwischen die Säulen. Niemand hatte sie gesehen. Peter war nicht entgangen, wie rasch Xixli trotz seiner angeschlagenen Gesundheit den Sprint absolviert hatte. Der Bursche mußte gut trainiert sein. Woher nur?

Nach einigen Minuten des Verschnaufens begannen sie den Abstieg zur Jaguarkammer. Wieder zählte Peter 52 Stufen. Xixlis Scheinwerfer beleuchtete die Decke, den Boden, glitt über den steinernen Jaguar und blieb schließlich an einem Loch in der Wand hängen. Da war ein quadratischer Stollen. Peter schätzte die Abmessungen auf 1,20 Meter Seitenlänge. Unaufgefordert ging Xixli in die Hocke, leuchtete in den Stollen und watschelte in breitbeinigem Entengang mit eingezogenem Kopf in die Tiefe. Peter, die Kamera vor der Brust und die Umhängetasche auf dem Rücken, keuchte hinterher. Immer wieder leuchtete Peter an die Wände des Schachtes, der unaufhaltsam in die Tiefe wuchs. Sie waren glatt poliert, nicht einmal Fugen konnte Peter ausmachen. Welch' präzise Arbeitsausführung! Eigentlich erwartete Peter, daß die stickige, feuchte Luft, die ihm den Schweiß aus allen Poren trieb, nur noch schlechter werden könne. Das Gegenteil war der Fall. Je tiefer der Schacht führte, um so kühler und frischer wurde die Sauerstoffzufuhr. Irgendwo mußte es Luftschächte geben. Still keuchten die beiden vor sich hin, Haarsträhnen klebten an Peters Stirn. Hörte denn dieser Gang nie mehr auf? Er schien endlos zu sein, mindestens 600 Meter. Endlich richtete sich Xixli auf, leuchtete an die Decke eines rechteckigen Raumes. Auch Peter konnte aufrecht stehen. Durch Zeichen mit dem Arm bedeutete Xixli, ganz vorsichtig nach vorne zu trippeln. Dann standen beide vor einem Abgrund. Etwa zweieinhalb Meter tiefer spiegelten sich die Lichter ihrer Lampen in klarem Wasser. Xixli richtete seine Stablampe zum Boden und beleuchtete einige Blutflecken:

„Yum – Xixli“, sagte er, wies auf das Wasser, die Blutflecken und den Stollen, durch den sie eben hinuntergewatschelt waren. Peter begriff schlagartig. Die beiden Jungen waren an dieser Stelle aus dem Wasser getaucht, hatten sich die Wand hochgehangelt und waren anschließend den Gang bis zur Pyramide hochgekrabbelt. Zudem wußte Peter jetzt mit absoluter Sicherheit, daß die Jungen ihr Erinnerungsvermögen nicht verloren hatten. Sonst hätte sich Xixli nicht an diesen Weg erinnern können. Andrerseits – die Blutflecken waren zwar eingetrocknet, doch von der hellen Farbe her noch frisch. Zumindest die Blutflecken konnten niemals aus einer anderen Zeit stammen. Bedächtig leuchtete Peter den Raum unter sich aus. Rings um das rechteckige Wasserbecken verlief ein Rand und auf einer Seite noch drei Stufen. Dann bemerkte Peter im Strahl seiner Lampe etwas Kleines, das in grellem Gelb reflektierte. Unweit davon dasselbe nochmals und schließlich sogar am Rande des Beckens zwei weitere gelbe Leuchtpunkte. Es sah aus wie halbgroße, gelbe Zigaretten, die teils im Wasser schwammen und teils auf dem Steinrand lagen.

Jetzt beleuchtete Xixli sein eigenes Gesicht, wies mit der freien Hand in die Tiefe, lenkte den Lichtstrahl auf zwei der gelben <Zigaretten> und beleuchtete erneut sein Gesicht. Dann stopfte er sich den kleinen Finger in ein Nasenloch und demonstrierte tiefe und hörbare Atemzüge. Diesmal begriff Peter nicht. Was wollte Xixli mitteilen? Nach kurzer Pause drückte Xixli dem Peter seine Lampe in die Hand, dann ließ er sich, langsam über den Bauch abrutschend, in die Tiefe. Als er mit den Fingerspitzen an der Wand hing, ließ er sich fallen. Peter fotografierte die Szene, alle paar Sekunden reflektierte sein Blitzlicht an den glatten Wänden. Unten sammelte Xixli die vier <Zigarettenstummel> ein und warf sie zu Peter hinauf. Dann stellte sich Xixli an die Wand, reckte die Hände nach oben und rief:

„Peter – bitte!"

Peter war sportlich nicht besonders trainiert. So kostete es ihn etliche Mühe, Xixli wieder auf seine Höhe zu zerren. Er knipste nochmals einige Bilder, steckte die <Zigarettenstummel> in die Tasche und begann den mühsamen Aufstieg.

Zurück im Hotelzimmer erhielten die Burschen ihre Medikamente. Peter schilderte Helga ihr Abenteuer und kramte die vier gelben <Zigarettenstummel> aus der Tasche:

„Was mag das nur sein?"

Bevor sie lange diskutieren konnten, erhob sich Xixli, nahm zwei der gelben Röhrchen und stopfte sie in seine Nasenlöcher. Dazu vollführte er tiefe Atemzüge. Peter und Helga glotzten auf die <Zigarettenstummel>. Zwei waren trocken und wirkten porös, die anderen zwei feucht und leicht aufgedunsen. Peter nahm die beiden trockenen Röhrchen und stopfte sie kurz entschlossen in die Nase. Dann hängte er seinen Kopf über die Badewanne und ließ in vollen Strömen Brausewasser übers Gesicht fließen. Sofort quollen die Röhrchen auf und verklebten die Nase wie ein Pfropfen.

Peter versuchte, durch die Nase zu atmen. Tatsächlich drang ganz wenig Luft aus den Röhrchen:

„Mir wird immer unheimlicher", sagte er zu Helga. „Was immer das für Dinger sind, sie scheinen im Wasser Sauerstoff abzugeben, oder vielleicht sogar den Sauerstoff vom Wasserstoffmolekül zu lösen. Das ist eine Technologie, die wir Heutigen nicht beherrschen! Bedeutet dies, daß die beiden Burschen aus der Zukunft kommen?"

„Nee!" widersprach Helga. „Wenn sie überhaupt aus einer anderen Zeit kommen, dann mit Sicherheit aus der Vergangenheit. Erinnere dich an ihre Bemalung und Xixlis Wissen um den alten Gang von der Pyramide zum Teich."

Am darauf folgenden Tag ereignete sich ein Schauspiel, das Peter und Helga nie wieder vergeßen sollten. Xixli schien gesund, nur Yum kränkelte noch ein bißchen. Nach dem Frühstück schlenderte die Gruppe hinüber zum Ballspielplatz der alten Maya. Der Platz lag nur einige hundert Meter vom Hotel entfernt. Die ganze Anlage war schätzungsweise 150 Meter lang und 50 Meter breit. Auf beiden Seiten war der Platz von zwei senkrechten Mauern eingefaßt, jede Mauer maß an die hundert Meter in der Länge. Exakt in der Mitte jeder Mauer befand sich in etwa dreieinhalb Metern Höhe ein Steinring, fest in der Mauer verankert. Unten, etwa einen Meter über dem Boden, verlief auf beiden Seiten in horizontaler Richtung eine langgezogene, gefiederte Schlange in Stein. Und nochmals tiefer – vom Boden bis zur Höhe der Schlange – waren Steinplatten mit allen möglichen Skulpturen in die Mauer eingelassen. Da gab es Priestergestalten mit seltsamen Kästen in den Händen. Die Archäologen vermuteten, es handle sich dabei um eine Art von Tennisschlägern. Als die Gruppe den Ballspielplatz betrat, standen bereits andere Touristen herum und fotografierten eifrig die verschiedenen Skulpturen. Peter wollte weiterschlendern, doch plötzlich blieb Xixli wie angewurzelt stehen. Er bekam einen roten Kopf und feuchte Augen, dann formulierte er langsam:

„Xixli-Spiel!“ Er zeigte auf seine Brust, auf den Boden, deutete auf die senkrechten Mauern und auf den Steinring in der Mauer. Als Peter und Helga ihn fragend anglotzten, stieß er einen lauten Schrei aus. Dann sprintete er in unglaublichem Tempo an die Stelle, an welcher der Ring in der Mauer steckte, neigte den Kopf vor der gefiederten Schlange und begann in blitzartigen Bewegungen akrobatische Verrenkungen zu vollführen. Im ersten Augenblick befürchtete Peter, Xixli erleide einen epileptischen Anfall. Dann konnten sie nur noch fassungslos zusehen, was sich abspielte. Auch die anderen Touristen ließen ihre Kameras verblüfft liegen, die Diskussionen brachen ab, alles starrte sprachlos und mit offenen Mündern zu Xixli. Der spurtete von einer Mauer zur anderen, flitzte über den Platz, blieb abrupt stehen, hechtete zu Boden, rannte mit den Füßen an die senkrechte Wand und überschlug sich. Seine Hüften, sein Hals, doch auch die Oberschenkel vollführten abrupte, zuckende Bewegungen, dann wieder blieb er regungslos mitten auf dem Platz stehen, stieß einen Schrei aus, rollte sich zu Boden, schlug mit den Knien an einen imaginären Ball, hechtete Richtung Steinring, spurtete wieder zur Platzmitte, stand bockstill, schrie erneut und begann mit der ganzen Raserei von vorne. Xixli merkte nicht mehr, daß 50 Augenpaare fassungslos zuschauten, merkte nicht, daß Michael, der deutschsprachige Reiseleiter, mit einer Touristengruppe hinzukam und ebenfalls verdattert dem Schauspiel beiwohnte. Die Damen ließen ihre Handtaschen auf den Boden fallen, alles glotzte zu Xixli, der weiter auf dem Platz herumsprintete, hüpfte, hechtete, spurtete, sich überrollte, Körperzuckungen vollführte und zwischendurch laute, spitze Schreie ausstieß. Auf einmal jagte Xixli auf Peter und Yum los, ließ sich kurz vor ihnen zu Boden fallen und mähte beide mit einer blitzschnellen, gekonnten Schere von den Füßen. Dabei stieß er ein Bein in die Kniekehlen und blockierte mit dem anderen die Unterschenkel. Es ging alles in einem sagenhaften Tempo. Richtig erschrocken rappelte Peter sich hoch, da stand Xixli schon wieder in der Platzmitte, stieß den Schrei aus und stand für fünf Sekunden steif wie eine Statue. In dem Moment rief ihm Yum mit lauter Stimme einige Worte zu. Xixli schüttelte sich wie ein begossener Pudel, entspannte sich, blickte zu Peter und Helga hinüber und kam mit langsamen Schritten auf sie zu. Tosender Beifall von den umstehenden Touristen quittierte seine Vorstellung. Xixli schien es nicht zu hören. Er postierte sich vor Peter und stieß mit keuchendem Atem aus:

„Xixli-Spiel!"

Helga faßte sich als erste.

„Hast du so etwas schon erlebt? Das war ja ungeheuerlich! Dieses Tempo, diese Kraft, die Sprünge und Zuckungen! Wenn Xixli das in einer Disco bei uns vollführen würde, er würde jeden ersten Preis als Disco-König gewinnen! Was ist schon John Travolta oder Michael Jackson gegen diese Demonstration?!"

Inzwischen war Michael, der Reiseleiter, herangetreten. Anerkennend klopfte er Xixli auf die Schultern. Der blickte unschlüssig auf den fremden Mann, er kannte ja Michael noch nicht. Peter nickte Xixli beruhigend zu, signalisierte ihm, er solle Gelassenheit zeigen. Während Xixli sich den Schweiß von der Stirne wischte, fragte Michael:

„Mein Herr, wann möchten Sie nun nach Tulum fahren?"

„Wie lange dauert die Strecke?"

„Fünf bis sechs Stunden, je nach Fahrweise! Wir müssen zuerst die 210 Kilometer bis kurz vor Cancun zurücklegen, und können erst dann auf die südliche Straße Richtung Tulum abbiegen. Die Gesamtdistanz beträgt rund 340 Kilometer."

„Gut", antwortete Peter und blickte fragend zu Helga. „Können wir morgen fahren?"

Sie einigten sich auf die Abfahrt um 9 Uhr. Nachdem Xixli wieder normal atmete, schlenderte die Vierergruppe zum anderen Ende des Ballspielplatzes. Auch dort waren Steinplatten mit Skulpturen in die Wände eingelassen. Noch während Peter einige Bilder knipste und über den seltsamen «Tanz» von Xixli nachdachte, knieten Yum und Xixli auf den Boden und betasteten mit zarten, fast andächtigen Bewegungen ein Relief. Schließlich zog Yum sachte an Peters Leibchen, bedeutete ihm, hinzuknien. Dann sagte er mit strahlenden Augen:

„Xixli – ba-ba!"

Was sollte nun *das* schon wieder? Xixli glitt mit den Händen an den Konturen der Figur entlang, dann vollführte er die Bewegungen von Meißel und Hammerschlägen und wiederholte mit zitternder, leiser Stimme:

„Xixli – ba-ba!" Offensichtlich hatte Xixli Mühe, die Tränen zu unterdrücken. Es war wieder mal Helga, die zuerst schaltete:

„Er meint, sein Vater habe diese Skulptur gemeißelt. Vermutlich nannten die Kinder ihren Papa zu allen Zeiten ba-ba! Kapiert?"

Peter begriff immer weniger.

Anderntags war es soweit. Peter und Michael verluden die Koffer in den Mietwagen, die beiden Mayajungen standen verlegen daneben. Es kostete wieder eine Pantomime, bis die beiden begriffen, daß sie sich hinten ins Auto setzen sollten. Helga plazierte sich zwischen die Burschen, damit sie bei unvorhergesehenen Ereignissen sofort eingreifen konnte. Dann startete Peter den Anlasser. Xixli und Yum hielten den Atem an. Ganz langsam, als ob er Eier transportiere, fuhr Peter los. Die beiden Jünglinge zuckten nur kurz zusammen, Helga drückte besänftigend auf ihre Handrücken. Peter bog auf die Asphaltstraße Nummer 180 Richtung Valladolid, und nach 50 Kilometer Fahrt weiter Richtung Cancun. Als die ersten Autos entgegenkamen, verkrampften sich die Muskeln der Jungen, doch sie lernten rasch und begannen, die Fahrt zu genießen. Bald streckten sie die Hände, dann die Köpfe aus den Fenstern und genossen den Fahrtwind. Nur einmal wurde es mäuschenstill im Auto. Michael, der neben Peter auf dem zweiten Vordersitz saß, stellte das Radio an. Als eine fremde, etwas beherrschende Stimme aus den Lautsprechern schnauzte, blickten Xixli und Yum erschrocken um sich. Michael wählte einen anderen Sender, eine mexikanische Rhythmusgruppe mit Trompeten und Gitarren spielte einen <Mariachi-Tanz>. Andächtig und mit verklärten Gesichtern lauschten die beiden Jungen den fremdartigen Tönen. Gleich anschließend klang aus dem Radio das Lied <Cuando salide Cuba>, eine international bekannte Melodie, und deshalb summten Helga, Michael und Peter laut mit. Als das Lied verklungen war, bat Helga, das Radio abzustellen. Erneut summte sie dieselbe Melodie und forderte die beiden Burschen durch kleine Gesten auf, mitzusingen. Xixli und Yum blickten sich an, wechselten einige Sätze in ihrer unverständlichen Sprache und begannen, ihren Kehlen eine fremdartige Melodie, bestehend aus vielen melancholisch klingenden Halbtönen zu entlocken. Da wandte sich Michael zu Peter:

„Was sind das für Jünglinge? Wo kommen die her?“

Peter lächelte etwas gequält: „Wenn wir *das* wüßten! Deshalb fahren wir ja zu <el Profesor>. Vielleicht versteht der ihre Sprache.“

Nach knapp dreistündiger Fahrt erreichten sie Puerto Juérez, der letzte Vorort vor der Hotelstadt Cancun. Peter parkte den Wagen vor einem Gartenrestaurant. Brav setzten sich Xixli und Yum an einen Tisch. In der Ferne, von der Mittagssonne grell angestrahlt, leuchteten die Hotelpaläste von Cancun. Und dann, es geschah stets so unerwartet, stießen die Burschen plötzlich ihre Stühle um und starrten entgeistert zum wolkenlosen Firmament. Sie zeigten mit den Fingern nach oben und wiederholten aufgeregt: „Ku-schku-schkan! Ku-schku-schkan!“

„Nein! Nicht Kukulkan!“ entgegnete Peter beruhigend: „Ein Flugzeug. Flug-zeug!“ Der internationale Flughafen von Cancun lag keine 15 Kilometer Luftlinie von ihrem Gartenrestaurant entfernt. Mal zogen Düsenriesen Kondenzstreifen hinter sich her und überflogen das Gebiet in großer Höhe, mal sah man sie in der Ferne starten und landen. Yum und Xixli hatten Mühe, sich von dem Anblick loszureißen und wieder an den Tisch zurückzukehren. Jedesmal, wenn das ferne Donnern eines Starts erklang, schauten sie dem Flugzeug nach, bis es mit bloßem Auge nicht mehr auszumachen war.

Gegen 14 Uhr nahmen sie die letzte Strecke von 130 Kilometer in Angriff. Stets der Küste entlang auf der Straße Nummer 307 Richtung Südwesten. Ziel war der kleine Ort San Felipe, unweit der Maya-Ruinen von Tulum. Nach gut zweistündiger Fahrt bogen sie auf den Vorplatz eines etwas heruntergekommenen Bauernhofes. Die Mauern einer Scheune waren eingestürzt, auf dem Hof lagen verrostete Landwirtschaftsgeräte. Hühner gackerten und ein gutmütiger, fauler Hund riß den Rachen auf und gähnte ausgiebig. Im Hintergrund stand das Hauptgebäude. Es war doppelstöckig und man erkannte sofort die massive Bauweise der Spanier. Schwere Kalksteinblöcke waren aufeinandergetürmt und mit weißem Kalkbrei verputzt worden. Als Peter und Michael ausstiegen, trabte ein Pferd mit einem etwas dicklichen Mann im Sattel um die Ecke. Der Fremde mit der dunklen, gegerbten Haut trug einen breitrandigen Strohhut. Trotz des etwas aufgedunsenen, aber gemütlich wirkenden Gesichtes war seine indianische Abstammung unverkennbar. Seine Bekleidung bestand aus einem rot-schwarz karierten Hemd, kurzen Hosen mit einem Riß am linken Oberschenkel und offenen Sandalen, die lose um seine Füße baumelten.

„Hola!“ rief er vom Pferd und als er Michael ansichtig wurde, sprang er herunter und begrüßte ihn wie einen alten Freund:

„Miguel! Buen amigo! Como están tus padres?“ (= Michael! Guter Freund! Wie geht es deinen Eltern?) Während Michael und der Fremde sich unterhielten, versuchte Helga, die beiden Jünglinge zum Aussteigen zu bewegen. Doch die hockten stocksteif und verkrampft auf den Hintersitzen und starrten mit offenen Mündern und weit aufgerissenen Augen zum Pferd hinüber. Eindeutig fürchteten sie sich vor dem

Tier. Hatten die beiden noch nie ein Pferd gesehen? Michael machte <el Profesor> und Peter miteinander bekannt. Nach einigen spanischen Brocken begannen die beiden, Englisch zu reden. Da Helga in der Mitte saß, konnte sie nicht aussteigen, bevor sich einer der beiden Burschen rührte. Doch die bewegten sich nicht, ihre braune Gesichtsfarbe wirkte fahl. Unentwegt starrten sie das Pferd an, als ob es ein feuerspeiender Drache wäre.

„Himmel! Ich will hier raus!“ schimpfte Helga und erst jetzt bemerkte Peter, was eigentlich los war. Er beugte sich ins Wageninnere, blickte seinen Schützlingen in die Augen und sagte mit einem milden, verständnisvollen Lächeln:

„Pferd – Tier!“

Doch diesmal blieben die Burschen stumm. Sie trauten sich einfach nicht aus dem Auto. Peter fragte <el Profesor>, ob er das Pferd streicheln dürfe. Langsam schritt er auf den Gaul zu und klopfte ihm beruhigend auf den Hals. Das Tier dankte die Liebkosung mit lautem Wiehern und eifrigem Nicken. Endlich hielt Xixli, mutiger geworden, auf seiner Wagenseite den Kopf aus der Türe, dann folgte ein Bein und – den Blick stets auf das Pferd gerichtet – das zweite. Jetzt stand er draußen, behielt aber sicherheitshalber die Autotüre zwischen sich und dem Pferd. Nun konnte Helga aussteigen, auch sie wurde vom <Professor> wie eine alte Bekannte begrüßt, und auch sie streichelte das Pferd. Da traute sich auch Yum aus dem Wagen. <El Profesor> streckte ihnen die Hand entgegen, eine Geste, die sie, Gott sei Dank, von Peter gelernt hatten. Als die Jungen seine Begrüßung nicht erwiderten, wandte sich der Professor wieder Michael zu und stellte ihm einige Fragen. Inzwischen standen Xixli und Yum nebeneinander, zwischen ihnen und dem Pferd nur noch das Auto. Da wechselten die Burschen in ihrer unbekannten Sprache einige Sätze. <El Profesor> schnappte ein paar Worte auf und drehte sich langsam mit einem erstaunten Ausdruck im Gesicht um. Die Burschen schwiegen, der Professor blickte in ihre Richtung. Dann formulierte er einige Worte, es klang wie: „Yakzel hibi kuschlox?“

Yum und Xixli wandten ihre Köpfe, schauten fragend zum Professor. Der wiederholte die unverständlichen Worte und fügte hinzu:

„... nautat cap ayel?"

Die Haltung der beiden Burschen veränderte sich abrupt. Sie senkten die Blicke, nickten mit den Köpfen. Dann streckte Yum seine Arme nach vorne und trat einige Schritte auf <el Profesor> zu. Dabei streckte er die Handflächen von sich und spreizte die Finger. Einen Meter vor dem Professor blieb er stehen, schaute zu Boden und sagte etwas wie: „Haymel xoka kaschlan!"

Bevor der Professor reagieren konnte, wiederholte Xixli dieselbe Gestik und dieselben Worte. Nun standen beide Jünglinge vor <el Profesor> und streckten ihm die Handflächen mit den gespreizten Fingern entgegen. Der brummte verlegen:

„No está posible?" (= Das ist doch nicht möglich?) Schließlich, als ob er nicht sicher sei, das Richtige zu tun, drückte er zögernd seine eigenen Handflächen mit gespreizten Fingern gegen Yums Handflächen. Langsam, geradezu würdevoll, hob Yum den Kopf und senkte seine Finger in die Zwischenräume der Finger des Professors. Dann löste er den Griff. Der Professor verstand und wiederholte dasselbe mit Xixli. Die andern hatten staunend dabeigestanden. Schließlich trat Peter vor Yum, hielt ihm seine Handflächen entgegen und spreizte die Finger. Yum wiederholte die Geste ohne zu zögern und krallte sachte seine eigenen Finger in diejenigen von Peter. Daraufhin tat er dasselbe mit Xixli, und auch Helga und Michael wiederholten die kurze Zeremonie. Ein Bann war gebrochen!

Die beiden Burschen lachten unbekümmert und plapperten auf den Professor los, der offensichtlich Mühe hatte, dem Wortschwall zu folgen. Der Professor bat die Gesellschaft an einen Tisch vor dem Hauptgebäude und klatschte laut in die Hände. Eine ältere Dame in einer langen Schürze erschien und brachte Rotwein, alkoholfreie Getränke, rohen Schinken, Ziegenkäse und dunkles Brot. Zwischen dem Professor und den beiden Jungen gingen Fragen und Antworten hin und her, erst langsam, zögernd, fragend, mit Handzeichen und Gesten verbunden, dann immer zügiger. Von Zeit zu Zeit nickte der Professor den anderen zu und lachte:

„Es un milagro, un milagro! (= Es ist ein Wunder, ein Wunder!) Einmal fragte er Peter, ob er die Fotografien sehen könne, die Peter bei der ersten Begegnung geknipst habe – und die Lendenschürze. Lange betrachtete <el Profesor> die Bilder aus der Sofortbildkamera, betastete die blauen Lederschürzen mit den Sternen, faltete die Hände und rief ein Stoßgebet zum Himmel. Als der Abend hereinbrach, und die Runde von Nachtfaltern und anhänglichen Moskitos umschwirrt wurde, bat der Professor ins Haus.

Peter nutzte die Gelegenheit, den Professor endlich anzusprechen:

„Soweit ich begriffen habe, können Sie sich mit Yum und Xixli verständigen. Haben Sie gefragt, woher die beiden kommen?"

„Natürlich!" lachte <el Profesor>, der in Wirklichkeit Jose Miguel Maria Itzá hieß. „Die beiden sind ein Geschenk des Himmels. Sie kommen aus dem Jahr 4431 ihrer Zeitrechnung. Das entspricht umgerechnet unserem Jahr 1317 n.Chr. Die Burschen haben also einen Zeitsprung von 675 Jahren hinter sich. Vielleicht wissen Sie, verehrter Herr Pedro (= das spanische Wort für Peter), daß Hernando Cortez, der spanische Eroberer, Zentralamerika im Frühjahr 1519 erreichte. Xixli und Yum sind also gerade 198 Jährchen vor der spanischen Eroberung geopfert worden ..."

„Wie bitte?" unterbrachen Helga und Peter gleichzeitig. „Die Jungen sind geopfert worden?"

Der Professor wischte sich den Mund ab. Seine dunklen Augen glitzerten schelmisch und voller Freude:

„Ja – die beiden wurden vor 675 Jahren in den heiligen Opferteich geschmissen. Xixli lernt Steinmetz, Yum ist Novize. Soweit ich verstanden habe, ist – Entschuldigung, ich muß wohl sagen *war* – Yums Vater einer der oberen Priester

Der <Palast> von Palenque. Laut Yum eine Art Universität.

in der Stadt Chichen-Itzá, aus der auch meine Vorfahren stammen, ich bin ja ein Itzá!" Stolz blickte <el Profesor> in die Runde und vermischte ein Glas Rotwein mit etwas Wasser. Dieser Vater muß den beiden Jünglingen mit irgendeiner alten Technologie geholfen haben. Ich bin mir aus dem Gespräch mit Yum und Xixli überhaupt nicht klar, wie das zuging. Jedenfalls soll vom Opferteich aus ein Schacht bis zur Pyramide des Kukulkan führen und ..."

Wieder unterbrach Peter: „Den Schacht gibt es. Ich war gemeinsam mit Xixli dort unten."

„Prächtig! Fantastisch!" brüllte <el Profesor> wohlgelaunt und hieb sich auf die Knie. „Die beiden kletterten in der Pyramide hoch und müssen dann wohl auf Sie, verehrter Senor Pedro, gestoßen sein."

„So ist es!" bestätigte Peter. „Aber wie um alles in der Welt haben die den Abgrund von 675 Jahren von ihrer Vergangenheit in unsere Gegenwart übersprungen?"

„Weiß ich nicht." Der Professor grinste breit. „Muß ich im Moment auch nicht wissen. Jedenfalls sind sie da. Wer weiß, vielleicht ist der Vater eines der Jungen mein Ur-ur-ur-ur-Großvater!" Der Professor lachte schallend heraus. „Und das" – er zeigte auf die Jünglinge – „sind meine Ur-ur-ur-ur-Enkel! Und noch etwas: Sie, verehrter Don Pedro, haben meinen Enkeln das Leben gerettet!"

Peter erklärte, er sei Arzt von Beruf und habe die beiden mit hohem Fieber aufgelesen. Jetzt wurde ihm auch klar, weshalb Xixli und Yum binnen 20 Stunden ernsthaft erkrankt waren. Die Burschen besaßen keinerlei Abwehrkräfte gegen unsere Bakterien! Gott sei Dank waren beide jung und von kräftiger Gesundheit. Erwachsene hätten den Bakterienansturm wohl nicht so leicht weggesteckt.

Man diskutierte die halbe Nacht. Peter vereinbarte mit dem Professor, die Burschen für vorerst ein volles Jahr bei ihm zu lassen. Sie sollten Spanisch lernen und sich an die Bedingungen der Zeit anpassen. Peter bot an, dem Professor für die Erziehung Geld zu schicken. Doch der wehrte ab. Das Leben in San Felipe sei billig und die Jünglinge bedeuteten ihm einen unschätzbaren Wert für seine Sprachforschung. Zudem könnten sie sich nützlich machen. Er habe schon seine eigenen drei Kinder großgezogen und Xixli und Yum seien schließlich keine Kleinkinder mehr.

Man schlief auf mit Stroh gefüllten Matratzen, die in alten Mönchszellen am Boden lagen. Anderntags tauschte man Adressen aus, versprach, ständig in Kontakt zu bleiben. <El Profesor> meinte, drüben in Tulum gebe es zwei Telefone. Sowie Xixli und Yum vernünftige Sätze in Spanisch formulieren könnten, werde er in die Schweiz anrufen. Peter und Helga versprachen, spätestens in einem Jahr wieder hier zu sein. Als der Abschied nicht mehr hinausgezögert werden konnte, drückten alle die Handflächen aneinander und krallten die Finger sanft ineinander. Helga konnte es nicht lassen: Sie küßte Xixli und Yum auf die Wangen. Die nahmen es verständnislos hin. Während <el Profesor> in schallendes Gelächter ausbrach, bemerkte Peter die Tränen in Xixlis Augen.

Vorurteile

Peters Familienname war Lange und die Familie bestand aus sechs Personen: Vater, Mutter, ein älterer Bruder, zwei jüngere Schwestern und Peter. Sie wohnten im Dorf Wettswil, das liegt hinter dem <Üetliberg>, und dieser Berg – eher ein größerer Hügel von 800 Metern Höhe – ist der Hausberg der Stadt Zürich. Die Familie Lange war nicht reich, doch zählten sie immerhin zum gehobenen Mittelstand. Sie mußten nicht jeden Cent umdrehen. Peters Freundin Helga hingegen kam aus einer Arbeiterfamilie aus Waltrop, das ist ein kleines Städtchen im Ruhrgebiet. Eigentlich war sie Rezeptionistin, also eine der freundlichen Damen am Empfang in den noblen Hotels. Als Peter und Helga sich kennenlernten, arbeitete sie noch in einem großen Hotel von Zürich. Doch Helga hatte in Deutschland ihr Abitur gemacht und hervorragend abgeschlossen. Dies berechtigte sie, auch an einer Schweizer Hochschule zu studieren. So war sie seit einem Jahr als Biologiestudentin an der Universität Zürich eingeschrieben.

Obschon sich Peters Familie und Helgas Familie erst einmal getroffen hatten, nämlich während eines Wochenendes in Wettswil, schwärmte Vater Lange von Helgas Eltern. „Der Mann ist ein Pfundskerl“, betonte er, und „die Mutter ein Goldschatz“. Die Sympathie war gegenseitig. Helgas Eltern hatten anfänglich etwas Angst und zuviel Respekt vor der Arztfamilie. Doch die Väter und die Mütter lagen auf derselben Wellenlänge, man empfand sich schon am zweiten Abend wie langjährige Freunde. So war es denn ganz normal, daß Helga bei Familie Lange ein Zimmer bewohnte.

Gestern waren Peter und Helga von Cancun aus mit der Lufthansa nach Frankfurt, und von dort nach Zürich weitergeflogen. Wegen der Zeitverschiebung von 7 Stunden zwischen Mexiko und der Schweiz legten sie sich zuerst einmal schlafen. Doch bereits am Abend schilderten sie ihr Erlebnis mit Xixli und Yum. Alles hörte angespannt zu, nur Vater Lange lächelte nachsichtig:

„Ich bezweifle kein Wort eurer Geschichte", sagte er mit heiterer Geduld, „bloß die Sache mit der Zeitverschiebung paßt mir nicht. Wir leben in unserer Wirklichkeit, und außer den Erinnerungen, den alten Büchern und einigen Museumsstücken gibt es keine Verbindung aus der Vergangenheit. Wie soll sich dieses Wunder abgespielt haben?"

Jetzt meldete sich Peters älterer Bruder, der Willi. Er hatte an der Eidgenössischen Technischen Hochschule (ETH) Physik studiert und arbeitete bei einer staatlichen Prüfungsanstalt.

„Ich las vor einigen Monaten einen Artikel in der Fachzeitschrift <Physical Review Letters>. Dort behaupteten die Physiker Morris und Thorn, die beide am California Institute of Technology tätig sind, Zeitreisen seien möglich. Und ich erinnere mich an eine hitzige Diskussion während des Studiums. Es ging damals um den englischen Physiker David Bohm der postuliert hatte, in jedem Augenblick sei die gesamte Zeit enthalten."

„Das verstehe ich überhaupt nicht", unterbrachen Peters Mutter und Helga fast gleichzeitig. „Unsere Zeit ist doch <jetzt>. Wie soll etwas aus der Vergangenheit zu uns gelangen?"

„Nur unsere subjektive Zeit, also das, was wir empfinden, ist <jetzt>. Die objektive Zeit hingegen ist eine pysikalische Zeit, die durch Uhren, Schwingungen und Geschwindigkeiten gemessen wird. Seit Albert Einsteins Relativitätstheorie wissen wir, daß die Zeit dehnbar und veränderbar ist. Ein Astronaut in einem sehr schnell dahinfliegenden Raumschiff altert langsamer als sein Zwillingsbruder auf der Erde. Die Schwierigkeit, die Zeit korrekt zu erfassen, beruht auf einem Mangel an Objektivität. So unterteilen wir unseren jeweiligen, zeitlichen Standort konsequent in Gegenwart, Vergangenheit und Zukunft. Von einer höheren Warte aus betrachtet wäre hingegen alles <Gleichzeitigkeit>."

„Jetzt verstehe ich noch weniger“, lächelte Mutter Lange milde. „Versuche mal, das einer einfachen Frau klarzumachen!“

Willi kam in sein Element. Ohne es gesucht zu haben, wurde er plötzlich zum Anwalt für Zeitreisen:

„Stell dir einen Sackbahnhof wie Zürich, Frankfurt oder München vor. Unzählige Züge fahren heraus. Über Weichen wechseln sie ihre Schienen, die einen nehmen Fahrt auf, die anderen bremsen ab. Für jeden Lokomotivführer ist <seine Zeit> die subjektive Zeit, in der er sich gerade befindet. Und nun stellst du dir einen Helikopterpiloten vor, der hoch über dem Gewimmel von Schienen und Weichen steht. Von seiner Warte aus betrachtet, geschieht alles unter ihm gleichzeitig.“

„Gut – aber wie kommt man von einer Zeit in die andere?“

„Indem man die Weichen wechselt! Es gibt Theorien von Zeitüberlappungen, bei denen sich unter bestimmten physikalischen Voraussetzungen die Zeiten berühren. Vielleicht sind es starke elektromagnetische Kräfte, welche die Zeit an gewissen Stellen verbiegt, und so kommt es zu diesen Zeitüberlappungen. Genaugenommen gibt es im Universum ohnehin nur eine Gleichzeitigkeit, denn Raum und Zeit sind durch Schwingungsfelder untereinander verkoppelt, und ein Übergang von einer Schwingungsebene in die nächste ist durchaus vorstellbar. Noch wissen wir zwar nicht, was im Falle von Xixli und Yum diese Zeitüberlappung bewirkte, aber ganz offensichtlich kommen die beiden aus einer anderen Zeit.“

„Und wie, Bruderherz, soll ich das je beweisen?“ fragte Peter in die entstandene Stille.

„Du hast doch die Schürzen, welche die beiden Burschen trugen, als du ihnen zum ersten Male begegnet bist. Und auch die gelben Röhrchen, die man in die Nase stecken kann. Bei den Lederschürzen handelt es sich mit Sicherheit um organisches Material. <Organisch> nennt man alles, was am Zellaufbau und Wachstum beteiligt ist: also Pflanzen, Tiere, Menschen, Knochen. Heute kann man organisches Material sehr leicht datieren. Das macht sogar eine spezielle Abteilung der ETH hier in Zürich. Wenn die Lendenschürzen von Xixli und Yum mindestens 675 Jahre alt sind, hast du deinen Beweis!"

„Auf dieses Resultat bin ich aber gespannt!" bemerkte Vater Lange trocken. Die Konsequenzen für die Archäologie wären geradezu revolutionär. Soviel ich weiß, gibt es unzählige ungeklärte Fragen über das Volk der Maya. Über ihren Lebensstil, ihre Religion, über die Organisation ihres Staates, über ihre Moralbegriffe. Doch auch über ihre Schrift, ihre Mathematik, ihre Astronomie, über die vielen Skulpturen an Tempeln und Pyramiden. Und da kommen zwei Jungen aus der Vergangenheit, und können alles aufklären. Phänomenal! Bevor du dich aber an die Archäologen wendest, und dich womöglich blamierst, brauchst du überzeugende Beweise. Du mußt zweifelsfrei belegen können, daß Xixli und Yum aus der Vergangenheit kommen."

„Und aus was bestehen diese Röhrchen?" Peter deutete auf die gelben <Zigarettenstummel>, die er gemeinsam mit Xixli im Wasserbecken unter der Pyramide gefischt hatte. „Aus diesen Dingern haben die beiden Jungen mindestens vier Minuten lang frischen Sauerstoff getankt! Wie ist sowas menschenmöglich?"

Wieder meldete sich Willi. „Warum reißen wir so ein Röhrchen nicht auf und legen es unter Papas Mikroskop?"

Obschon Vater Lange als Chefarzt in einem Spital amtierte, verfügte er doch über eine eigene Arztpraxis für seine Privatpatienten. Und dazu gehörte ein kleines Labor mit einem Mikroskop. Willi holte ein Messer und ein Holzbrettchen aus der Küche und begann, eines der Röhrchen aufzuschneiden. Zuerst kam etwas wie Filterpapier zum Vorschein, das sich nur mit großer Mühe zwischen den Fingernägeln zerreißen ließ. Zwischen dem Filterpapier steckten feine, kaum sichtbare Härchen. Vater Lange legte eines unter das Mikroskop. Bei maximaler Vergrößerung waren abertausende glitzernder Punkte auszumachen. Es sah aus, als seien die Härchen mit winzigen Kristallen bestückt. Ein Fetzchen

Filterpapier unter dem Mikroskop zeigte Tausende von sechseckigen Waben, die ihrerseits von einem Heer von fast durchsichtigen Schuppen bedeckt waren. Ein Geflecht aus Waben und Schuppen. Vorsichtig drückte Vater Lange die Probe mit einer spitzen Nadel auf das kleine Glasplättchen, und schraubte das Okular einige Millimeter höher.

„Blase mal ganz sanft da zwischendurch", forderte er Willi auf. „Und jetzt hier, von der anderen Seite!"

Vater Lange richtete sich auf: „Das müßt ihr euch ansehen! Wenn der Wind von der einen Seite bläst, schmiegen sich die Schuppen dicht an die mikroskopischen Waben. Von der anderen Seite hingegen richten sie sich steil auf und lassen nichts mehr hindurch."

„Das grenzt ja bereits an Nano-Technologie!" entfuhr es Willi.

„An w-a-s?" fragten alle durcheinander.

„An Nano-Technologie!" dozierte Willi geduldig. „Also – ein Nano-Meter ist gerade so lang wie der millionste Teil eines Millimeters. Unsichtbar klein. Dennoch läßt sich in diesen mikroskopischen Bereichen arbeiten und verschiedene winzige Bauelemente zusammenfügen. Das nennt man Nano-Technologie. So ist am Kernforschungszentrum in Karlsruhe ein Zahnrad aus Nickel entwickelt worden, das gerade 130 Mikrometer Durchmesser aufweist. (Ein Mikrometer entspricht 1000 Nanometern.) Durch Luft angetrieben, rotiert das mikroskopische Zahnrädchen 100.000mal pro Minute. Anderes Beispiel: In einem kalifornischen Versuchslabor sind Mikrosiebe aus Silizium gefertigt worden, die derart engmaschig sind, daß sich Bakterien darin verfangen. An amerikanischen Hochschulen werden heute schon Nano-Technologen ausgebildet. Der Technologie dieser Liliput-Mechanik wird eine große Zukunft vorausgesagt. Man verwendet sie im Computerwesen oder zum Reinigen und Filtrieren von Gasen und schmutziger Luft. Sie wird aber auch in der Medizin Einzug halten, beispielsweise in der Neurologie. Die Nano-Technologen wollen mikroskopische

Herzschrittmacher bauen, doch auch künstliche Bauchspeicheldrüsen oder Gefäß-Fräser, welche die verkalkten Wände von Arterien und Venen wieder sauber hobeln. Ziel der Nano-Technologie ist es, allerkleinste elektronische und mechanische Geräte zu bauen, die überall eingeschleust werden können und überall ihren bestimmten Dienst tun. Genauso, wie im biologischen Bereich Mikroben ihre Funktion haben, werden die von Menschen geschaffenen Nano-Produkte ganz gezielte Aufgaben übernehmen."

„Und du meinst", fragte Peter angespannt, „diese Dinger da, welche Xixli und Yum in die Nasenlöcher stopfen mußten, seien Produkte dieser Nano-Technologie?"

„Das kann ich nicht mit Bestimmtheit sagen", erwiderte Willi, „denn ich habe noch kein Nano-Produkt betrachtet. Doch das da, was Papi unter dem Mikroskop hat, entspricht ziemlich genau den Beschreibungen über Nano-Technologie."

Es wurde still, jeder hing seinen Gedanken nach. Erst drüben im Wohnzimmer entfuhr es Peter:

„Unheimlich!"

„Was ist unheimlich?" wollte Mutter Lange wissen?

„Ob Nano-Technologie oder nicht, die Röhrchen sind nicht auf natürliche Art gewachsen, sondern künstlich zusammengebaut. Sie enthalten mikroskopisch kleine Bauteile, wie die Härchen mit den kristallartigen Punkten darauf. Dann die Schuppen und die Waben, alles Produkte einer Technologie, die wir noch nicht beherrschen. Nun wissen wir, aus welcher Kultur Xixli und Yum stammen. Aus dem Jahr 1317 unserer Zeitrechnung. Die damaligen Maya bauten zwar herrliche Tempel und Pyramiden, sie waren begnadete Handwerker und stellten später gar Schmuckstücke aus Gold und Silber her, jedoch von der Mikrotechnologie hatten sie keine Ahnung. Sie kannten auch keine Mikroskope! Woher also stammen diese Röhrchen? Das macht mich noch wahnsinnig! Es paßt alles nicht zusammen!"

Vater Lange hatte still an seiner Pfeife genuckelt. Bedächtig meldete er sich zu Wort:

„Diese Röhrchen verwirren mich auch. Du sagst, durch diese Röhrchen hätten die beiden Jungen Sauerstoff atmen können. Wie funktionierten die Dinger?"

Willi meldete sich: „Wasser hat die chemische Formel H_2O. Das <H> steht für das englische <Hydrogen> (= Sauerstoff), das <O> für <Oxygen> (= Wasserstoff), <H_2O> oder Wasser besteht also aus zwei Sauerstoffmolekülen und einem Wasserstoffmolekül. Vielleicht bringen es die Waben und die Härchen fertig, die Sauerstoffmoleküle vom Wasserstoff zu lösen. Das Produkt wäre reiner Sauerstoff."

„Hm!" brummte Vater Lange. „Mir fällt noch etwas aus der Biologie ein. Im Wasser befinden sich nicht nur *gebundene* Sauerstoffmoleküle, sondern auch freie. Fische zum Beispiel atmen über die Kiemen, wobei winzige Membranen den freien Sauerstoff im Wasser aufnehmen und an eine Art Lunge abgeben. Ich könnte mir vorstellen, daß die Härchen, die wir in den Filtern fanden, eine ähnliche Funktion erfüllen wie die Membranen der Kiemen ..."

„... und die Schuppen ...", mischte sich Willi dazwischen „... würden dafür sorgen, daß verbrauchte Luft zwar ausgestoßen werden kann, aber kein zusätzliches Wasser über einen bestimmten Punkt hineinfließen kann. Tatsächlich genial! Das paßt wirklich nicht in die Zeit der Maya. Woher haben Xixli und Yum eigentlich diese Röhrchen?"

Peter fühlte sich angesprochen: „Genaugenommen weiß ich es auch nicht. <El Profesor> sagte nur, Yums Vater sei einer der oberen Priester gewesen und habe den Jungen geholfen. Wenn *er* ihnen die Röhrchen gab, woher hatte *er* sie?"

Die Situation war verzwickt. Die diversen Einzelteile wollten partout nicht zusammenpassen. Willi schlug vor, man möge ihm eines dieser Röhrchen überlassen. Er wolle sich erkundigen, ob sich jemand an der ETH Zürich bereits mit Nano-Technologie befasse. Peter solle versuchen, einen Archäologen zu finden, der den Lendenschurz exakt datieren könne. Da Peter noch eine Woche Urlaub verblieb, bevor er als Assistenzarzt in einem Spital beginnen mußte, ging alles sehr schnell. Bereits anderntags sprach er im Büro eines ehrenwerten Professor Doktor René Schaubli vor, einem Spezialisten für zentralamerikanische Kulturen. Peter erzählte ihm die Geschichte von Yum und Xixli nicht, er wollte ganz einfach wissen, ob der werte Herr Professor seine Lendenschürze datieren könne.

Ärgerlicherweise erwies sich der Professor als fürchterlicher Nörgler. Immer wieder stellte er Zusatzfragen und kommentierte jeden Satz mit ellenlangen Phrasen. Dabei hatte er die Angewohnheit, nach jeder Antwort von Peter wegwerfend mit den Fingern zu schnippen und dazu ein ungläubiges „tssss … tssss" zwischen den Lippen auszustoßen.

„Wie lange waren Sie in Chichen Itza?"

„Rund zehn Tage."

„Tsss … tsss! In zehn Tagen lernt man nichts. Alles nur oberflächliche Touristenbesichtigungen. Haben Sie das Observatorium von Chichen Itza bestiegen? Etwas über die Maya-Astronomie gelernt?"

„Ja!"

„Tsss … tsss! Was können Touristen schon lernen? Arzt sind Sie? Weshalb haben Sie keine Archäologie studiert?"

Peter erklärte es ihm, doch der Professor, ein angegrauter Herr um die sechzig mit einer langen Nase und blasser Hautfarbe, „tsss … tsste" weiter und schwärmte vom Beruf des Archäologen, als ob es nichts Wichtigeres auf der Welt gäbe. Endlich, Peter wollte schon verzweifelt aufgeben, kam er auf die Schürze zu sprechen. Er ließ sie oberflächlich durch die Hände gleiten.

„Eine gelungene Fälschung, würde ich sagen. Tsss … tsss! Wieviel haben Sie dafür bezahlt?"

„Ich bekam sie von einem alten Indio geschenkt", log Peter, „und der sagte mir, die Schürze sei mindestens 600 Jahre alt."

„So … so! Mindestens 600 Jahre! Tsss … tsss! Auch als Arzt müßten Sie doch erkennen, dass das Leder jung ist. Altes Leder ist ausgetrocknet, porös. Das hier hat ja noch Saft. Es ist sehr geschmeidig. Die Sterne sind hübsch gemalt, muß ich sagen, und auch die blaue Farbe ist gut eingefärbt. Aber 600 Jahre? Niemals!"

Peter war verzweifelt. Wie sollte er diesen von sich eingenommenen Professor dazu bringen, eine wissenschaftliche Datierung vorzunehmen? Gerade noch rechtzeitig fiel ihm eine List ein:

„Herr Professor Schaubli! Was ist Ihr Lieblingsgetränk?"

„Mein – äh – Lieblingsgetränk? Wie kommen Sie denn darauf?" Er vergaß sogar das „tsss ... tsss".

„Ich möchte mit Ihnen eine Wette abschließen. Ich wette eine Kiste – also 12 Flaschen – Ihres Lieblingsgetränkes, daß diese Schürze mindestens 600 Jahre alt ist!"

„12 Flaschen? Tsss ... tsss! Das wird Sie teuer zu stehen kommen. Mein Lieblingsgetränk ist nämlich roter Wein aus dem Bordeaux-Gebiet in Frankreich. Und zwar Château Margeau 1975. Ein Jahrhundertwein! Wenn Sie Glück und Beziehungen haben, finden Sie eine Flasche für vielleicht 70 Franken. Na? Wie steht es mit Ihrer Wette? Wollen Sie immer noch?"

„Die Wette gilt!" lachte Peter. Und wann darf ich wiederkommen?"

„Tssssss! Er stieß es langgezogen aus, bis keine Luft mehr in den Lungen war. „Haben Sie es eilig? Die Datierungen werden nicht von uns Archäologen, sondern von den Spezialisten der Abteilung für Mittelenergiephysik durchgeführt. Ich werde morgen anrufen und gebe Ihnen dann Bescheid."

„Und was kostet die Analyse?" wollte Peter wissen.

„Kosten? Kosten tut das nichts. Schließlich sind wir eine staatliche Einrichtung. Die Datierung ist gratis – aber die Wette werden Sie verlieren! Tsss ... tsss!"

Peter verlor die Wette. Als Professor Schaubli bereits nach wenigen Tagen anrief, vibrierte seine Stimme vor Freude. „Ich habe das Gutachten für Sie!" säuselte er süßlich in die Ohrmuschel: „Vergessen Sie die Kiste Wein nicht!"

So schleppte Peter keuchend ein Holzkistchen mit teurem Château Margeau die Treppen hinauf ins Büro von Professor Schaubli. Der erwartete ihn bereits triumphierend:

„Hier, Herr Doktor der Medizin, das Resultat!“

Verwirrt las Peter das Ergebnis der Untersuchung. Die Zahlen und Kohlenstoffisotope, die aufgeführt waren, interessierten ihn nicht. Nur die Worte des letzten Satzes blieben wie Hammerschläge in seinem Gedächtnis: ... *da noch kein wesentlich zählbarer Zerfall der C-14-Isotopen eingesetzt hat, muß die Probe als jung (unter 100 Jahren) datiert werden.*

Peter wirkte wie erschlagen, als er nach Hause kam. Alles war aus. Er hatte keinen Beweis für den Zeitsprung von Xixli und Yum – und doch war er sicher, daß beide aus der Vergangenheit gekommen waren. Wieso erwies sich die Schürze als <weniger denn hundert Jahre>? Beim Nachtessen diskutierte er das niederschmetternde Resultat mit seinem Vater und Bruder Willi. Letzterer wirkte heute sehr bedächtig, er überlegte lange, ehe er antwortete:

„Weißt du eigentlich, wie diese C-14-Datierungen gemacht werden?“

„Ach, so ein bißchen. Ist das denn wichtig? Am Ende zählt nur das Resultat.“

„Paß auf, Peter.“ Willi nahm ein Blatt Papier und schnappte sich einen Kugelschreiber: „Aus dem Weltall wird die Erde ununterbrochen von einer harmlosen Radioaktivität bestrahlt. Das ist seit Jahrmillionen so. Alles, was auf der Erde lebt, also Bäume, Pflanzen, Tiere und Menschen, nehmen diese Radioaktivität in Form von Kohlenstoff-Isotopen mit dem Atomgewicht 14 auf. Abgekürzt nennt man dies C-14.“

„Du meinst, wir sind alle radioaktiv verseucht?“

„Quatsch!“ lachte Willi. „Jedes organische Material, auch wir, haben zwar diese radioaktiven C-14-Isotopen in uns, aber sie sind absolut minimal und ungefährlich. Sobald ein Organismus abstirbt, hört er auf, C-14-Isotopen aufzunehmen. Jetzt beginnt die Zerfallszeit. Du weißt doch, daß sich jede Art von Radioaktivität nach einer gewissen Zeit wieder abbaut. Sie zerfällt, die Strahlung wird immer schwächer und schwächer. Bei C-14 beträgt die Halbwertszeit 5600 Jahre. Das bedeutet: Nach 5600 Jahren ist nur noch die Hälfte der ursprünglichen C-14-Isotopen vorhanden, nach 11200 Jahren nur noch ein Viertel. Um ein Stück organischen Materials zu datieren, werden also in einer Art von <Isotopen-Uhr> die vorhandenen C-14-Isotopen gezählt, und daraus läßt sich errechnen, wie alt das Stück ist. Schließlich kennt man die ursprünglich vorhandene Menge, man muß also nur noch die Differenz auszählen."

„Soweit ist mir das klar", antwortete Peter mißgelaunt. „Aber wieso kann eine Schürze, die mindestens 675 Jahre alt ist, in dieser <Isotopen-Uhr> ein falsches Resultat liefern?"

„Das Resultat ist nicht falsch", mischte sich Vater Lange in die Diskussion. „Es liegt an der Schürze!"

„Wie meinst du das? Glaubst du nun auch, Xixli und Yum seien Betrüger?"

„Beruhige dich, mein Junior", erwiderte Vater Lange gemütlich. „Die C-14-Isotopen brauchen Z-e-i-t, um zu zerfallen. Diese Zeit stand ihnen aber gar nicht zur Verfügung!"

„Verstehe ich nicht", meckerte Peter ungehalten. Doch jetzt hatte auch Willi begriffen, was Vater Lange meinte. Er erklärte es:

„Die C-14-Strahlung wird mit der Z-e-i-t immer schwächer und schwächer. Xixli und Yum haben mit ihrer Schürze aber einen *Zeitsprung* gemacht. Die C-14-Isotope hatten gar keine Zeit, um zu zerfallen. Verstanden?"

Peter dachte darüber nach: „Tatsächlich! Ich Dummkopf! Vielleicht waren die Schürzen erst fünf Jahre alt, als Yum und Xixli sie umhängten. Dann landeten sie damit überraschend in unserer Gegenwart, *ohne* daß eine *Zeitstrecke* zurückgelegt worden wäre. Die C-14-Isotopen können demnach gar nicht zerfallen sein. Ha! Ha!" Es klang befreiend.

„Und was machen wir jetzt? Was ist mit den Röhrchen?"

Willi erklärte, in Zürich gebe es niemanden, der sich mit Nano-Technologie befasse. Er habe aber herausgefunden, daß am Fraunhofer-Institut für Festkörpertechnologie in München ein Professor sitze, der in Fachzeitschriften bereits mehrere Artikel über Nano-Technologie veröffentlicht habe. Er wisse nur noch nicht, wie er an diesen Mann herankomme.

Vater Lange wußte Rat. Er kannte aus seiner Studienzeit einen Physikprofessor, der an der Technischen Universität München lehrte. Vielleicht kannte der wiederum den anderen …?

Zehn Tage später reiste Willi nach München. Der Professor für Nano-Technologie erwies sich als Hochenergie-Physiker, der sich nur nebenbei mit Nano-Technologie befaßte. Er trug den holländischen Namen van Keuten und war bestenfalls 40 Jahre alt. Er machte ein ernstes Gesicht, geradeso, als sei er ungehalten darüber, seine kostbare Zeit mit einer überflüssigen Diskussion zu verlieren:

„Mein Kollege von der TU (= Technische Universität) hat Sie mir empfohlen. Ich bin ziemlich zeitknapp und wäre Ihnen dankbar, wenn Sie gleich zur Sache kommen."

Willi legte ein Röhrchen auf das Pult und kramte auch die Rückstände des zerschnittenen Röhrchens aus einem Briefumschlag.

„Wir prüften das zu Hause unter einem kleinen Mikroskop. Es sieht aus wie Nano-Technologie. Können Sie mir sagen, was das ist?"

Professor van Keuten blickte zuerst einmal sprachlos auf das ganze Röhrchen und die Abfälle vor ihm:

„Nano-Technologie ist viel kleiner als das. Man sieht sie kaum unter der Lupe."

„Herr Professor, dies ist auch nur die Umhüllung. Bitte schauen Sie unter dem Mikroskop hinein. Bitte!"

Der Professor runzelte die Stirne, blickte auf seine Armbanduhr:

„Kommen Sie!"

Sie wanderten durch einige Korridore und kamen schließlich in einen Laborraum mit einem großen Forschungsmikroskop. Ein freundlicher Assistent begrüßte die beiden. Professor van Keuten fragte, ob er kurz einige Proben auf die Beleuchtungsoptik legen dürfe. Dann justierte er den Objektivrevolver und blickte durch den Binokulartubus. Immer wieder drehte er die Proben, justierte neu und drehte wieder.

„Woher haben Sie das?"

„Mein Bruder hat es gefunden – in einer Pyramide in Zentralamerika", sagte Willi atemlos.

„In einer Pyramide? Soll das ein Witz sein?"

„Bestimmt nicht", versicherte Peter hastig. „Genaugenommen fand er das Röhrchen in einem geheimen Gang *unter* der Hauptpyramide von Chichen Itza."

„Ich bin ratlos", sagte Professor van Keuten ruhig und blickte Willi geradewegs in die Augen. „Die Probe enthält tatsächlich viele Bausteine in Nano-Technik. Nur ... äh ... *wir* beherrschen diese Technik nicht. Der Gegenstand müßte geradezu aus der Zukunft kommen ..."

„... er kommt aus der Vergangenheit!" unterbrach Willi.

„Wenn Sie mir nicht als seriöser Kollege empfohlen worden wären, würde ich Sie glatt rausschmeißen! Die Probe *kann* nicht aus der Vergangenheit stammen. Unmöglich! Das ist Zukunftstechnologie!"

Die beiden Physiker schauten sich an. Professor van Keuten rieb sich am Kinn, Willi faltete die Hände. Dann ging der Professor erneut zum Mikroskop, prüfte die Probe nochmals von allen Seiten, als ob er seinen Augen und seinem Verstand nicht trauen könne. Mit dem Mikroskop war eine komplizierte Kamera gekoppelt. Der Assistent bediente den Apparat und schoß einige Bilder.

„Wir brauchen noch bessere Bilder", bemerkte der Professor. „Die kriegen wir nur über das Elektronenrastermikroskop. Und das dauert länger. Können Sie mir die Probe hierlassen?"

Willi meinte, er wolle gerne die Überreste des aufgeschnittenen Röhrchens dalassen. Die reichten schließlich für das Elektronenrastermikroskop. Später, wenn erforderlich, wolle er sicher auch das intakte Röhrchen zur Verfügung stellen. Er verschwieg, daß er insgesamt noch drei ganze Röhrchen besaß.

Fünf Tage später rief Professor van Keuten in der Schweiz an:

„Obschon wir nicht wissen, woher diese Probe stammt, bahnt sich eine Sensation an. Ich habe einige Bilder nach Amerika gefaxt, und unsere amerikanischen Kollegen möchten die Probe untersuchen. Sie würden 20.000 EURO dafür bieten."

Willi war sprachlos. 20.000 EURO für ein zerschnittenes Röhrchen? Er vertröstete den Professor auf morgen, weil er zuerst mit seinem Bruder reden müsse, dem die Röhrchen schließlich gehörten.

„Nein, die gehören nicht mir", insistierte Peter am Abend. „Sie gehören Yum und Xixli. Und wenn die Amis dafür 20.000 EURO ausgeben möchten, gehört dieses Geld den beiden Jungen. Die können es weiß Gott brauchen!"

Peter hatte recht. Seit seiner Rückkehr von Mexiko hatte er noch nichts von Xixli und Yum gehört. Das war auch kaum zu erwarten, der Urlaub lag gerade einen Monat zurück.

Yum erklärte, es handle sich um Rollschuhe für Botenläufer. (Palenque)

Peter arbeitete inzwischen als Assistenzarzt für innere Medizin, zudem besuchte er jeden zweiten Abend einen Spanischkurs. Helga büffelte tapfer Biologie und verlor ihren Humor trotzdem nicht. Sie war es auch, die vorausschauend meinte, wenn sich schon der Abfall des zerschnittenen Röhrchens für 20.000 EURO verkaufen lasse, dann müßten die intakten Röhrchen ein Mehrfaches davon wert sein. Und die ganze Familie Lange rätselte darum herum, wieso die Röhrchen aus der *Zukunft* stammten, wo Xixli und Yum doch eindeutig aus der Vergangenheit gekommen waren. Drei Wochen später schloß Peter mit Professor van Keuten einen Vertrag. Der Professor durfte die wissenschaftlichen Resultate des Röhrchens auswerten, Peter behielt sich spätere Patentansprüche offen. Kurz vor Weihnachten erhielt Peter einen Scheck über 20.000 EURO von einer kalifornischen Hochschule.

Am heiligen Abend, als die ganze Familie mitsamt den Eltern von Helga zu Tisch saß, klingelte das Telefon. Helga hob ab:

„Ruhig!“ zischte sie zu den anderen hinüber. „Ein Gespräch aus Mexiko!“

Peter schnellte vom Stuhl hoch: „Gib mir den Hörer, ich kann inzwischen recht passabel Spanisch! Er riß seiner Freundin den Telefonhörer geradezu aus der Hand. Aufgeregt rief er einige Male „si ... si“ in die Muschel. Dann meldete sich <el Profesor> am anderen Ende der Leitung:

„Don Pedro! Wir wollten Ihnen fröhliche Weihnachten wünschen!“ Er lachte sein kerniges Lachen über den Ozean.

„Wie geht es Yum und Xixli? Sind sie wohlauf?“

„Oh – ich höre – Sie sprechen ein besseres Spanisch! Yum und Xixli stehen neben mir, hören Sie selbst ...“

Am Telefon der Familie Lange war ein kleiner Lautsprecher eingebaut. Peter drückte die Taste. Atemlos hörten alle Yums Stimme:

„Peter! Peter! Eure Welt ist wun-der-bar! Wir ler-nen viel und se-hen viel! El Profesor ist gut. Seine Familie ist gut. Pferd ist lieb! Auch Hund! Oh Peter ... jetzt kommt Xixli!“

Der klang noch aufgeregter: „Ich bin ganz gesund!" stotterte er. „Xixli ist ganz gesund! Ich bin ge-wach-sen. Wir reden von dir und Helga. Wann kommen du? Wir zeigen Maya-Land!"

<El Profesor> meldete sich wieder. Die Jungen machten sich prächtig, sagte er. Er komme mit seiner Sprachforschung wunderbar voran. Aber das Telefongespräch sei sehr teuer. Peter bat, er möge die Telefonnummer des Apparates durchgeben, von dem aus er gerade spreche. Sie sollten bitte warten, er rufe zurück. Er habe viele Fragen. <El Profesor> versprach, zwei Stunden in dem Restaurant zu bleiben, von dem aus sie telefonierten. Gleich nach dem Aufhängen versuchte Peter, die angegebene Nummer direkt zu wählen. Obschon Mexiko im internationalen Telefonnetz anwählbar war, klappte die Verbindung nicht. Tulum war eben ein kleines Kaff und mit dem Netz der großen, weiten Welt nur indirekt verkoppelt. Endlich, nach über anderthalb Stunden, klappte die Verbindung über das Fernamt. Peter erfuhr, die beiden Jungen hätten sich sehr schnell angepaßt. Sie seien bescheiden und gut erzogen und machten keinerlei Mühe. Zudem seien sie fleißig und außerordentlich lernwillig. Peter wollte vom Professor wissen, woher Xixli und Yum die vier Röhrchen hätten, die sie während ihres Tauchgangs benutzten. Nach einer kleinen Pause meldete sich <el Profesor> wieder:

„Sie sagen, die Röhrchen hätten sie von Yums Vater!"

„Und woher hat *der* sie?" Peter brüllte das Wörtchen <der> überlaut in die Muschel. Der Professor am anderen Ende der Leitung sprach mit Yum, der offenbar neben dem Apparat stand und antwortete:

„Die Röhrchen waren heilige Reliquien, sie lagen viele Jahrhunderte, wenn nicht gar Jahrtausende, im Schrein von Jatz-laan."

Himmel noch einmal! Peter war ganz nervös. Nur nicht gleich durchdrehen, sagte er sich und führte die Befragung über 8000 Kilometer Distanz weiter:

„Wie sind die Röhrchen in diesen Schrein von Jatz-laan gekommen?“

Wieder unterhielt sich <el Profesor> mit Yum. Dann antwortete er mit einem erstaunten Unterton:

„Yum sagt, die Röhrchen seien Geschenke von Kukulkan und seinen Gefährten gewesen. Bei seinem dritten Besuch bei den Vorfahren habe Kukulkan die Hilfe von zwei Jünglingen benötigt, die in den Teich von Chichen Itza tauchen mußten. Dabei habe Kukulkan die Röhrchen übergeben und als Geschenk noch zusätzlich einige zurückgelassen. Weshalb interessieren Sie sich so für diese Röhrchen, Don Pedro? Was ist damit?“

Peter erklärte es ihm.

„Heilige Jungfrau!“ schrie <el Profesor> in den Hörer. „20.000 EURO für diesen Abfall? Sind Sie sicher?“

„Ich habe das Geld bereits. Es gehört den Jungen. Ich werde es mitbringen, und vielleicht noch mehr!“

Sie vereinbarten ein neues Telefonat in zwei Monaten. Peter versprach den Burschen, spätestens Ende August nächsten Jahres hinüberzufliegen. Vorher bekam er vom Krankenhaus keinen Urlaub.

Nach dem Telefongespräch setzte an der Tafelrunde eine wilde Diskussion ein, die nichts mehr mit Weihnachten zu tun hatte. Alles kreiste um die Frage: Wer waren Kukulkan und seine Gefährten? Besucher aus der Zukunft? Eines war rasch geklärt. Kukulkan *konnte* nicht nur eine mythologische Figur sein. Er konnte kein erfundener, kein phantasierter Gott sein. Auch keine personifizierte Naturgewalt. Dieser Kukulkan und seine Gefährten mußten einst real existiert haben, sonst hätten sie keine Röhrchen verschenken können. Und was für Röhrchen! Wasserstoff-Sauerstoff-Umwandler! Das war ein starkes Stück. Während der Weihnachtsfeiertage ließ sich Peter etwas widerwillig mit der Privatnummer von Professor Schaubli verbinden. Der erinnerte Peter gleich an die verlorene Wette:

„Tsss ... tsss, der Herr Doktor der Medizin! Wollen Sie eine neue Wette verlieren?“

„Das nicht. Meine Familie möchte Sie zum Nachtessen einladen. Mein Vater hat noch einige alte Flaschen im Keller, *viel* älter als die, welche ich Ihnen brachte!"

Das zog. Vier Tage später war Herr Professor Schaubli zu Gast. Er konnte auch am Tisch sein „Tssss ... tsssss" nicht lassen, doch schnippte er immerhin nicht mit den Fingern. Ganz beiläufig erkundigte sich Peter, was die Archäologie eigentlich über den Gott Kukulkan wisse.

„Also hören Sie", holte Professor Schaubli zu einer langen Erklärung aus, „Kukulkan ist im Grunde genommen ein Vogel. Die Maya hatten verschiedene Namen für ihn. Eben Kukulkan oder auch Kukumatz. Bei den Azteken im Hochland von Mexiko hieß derselbe Gott Quetzalcoatl. Und eben: In den Wäldern Zentralamerikas gibt es einen wunderbaren Vogel mit langen, farbigen Schwanzfedern, das ist der Quetzal-Vogel. Das Wörtchen <coatl> wiederum bedeutet <Schlange>. Weil der <Quetzal-Vogel> einen langen Schwanz hat, verglichen ihn die zentralamerikanischen Völker mit einer <geflügelten Schlange>. Das zusammengesetzte Wort <Quetzal-coatl> bedeutet genau das. Kukulkan ist also nichts anderes als eine Verballhornung des Quetzal-Vogels, eine Schlange mit Flügeln. Tsssss!"

Peter blickte zu Helga und die zu Willi. Das konnte doch nicht alles sein? Ein >Quetzal-Vogel> verschenkte keine Wasserstoff-Sauerstoff-Umwandler.

„Gab es denn keinen Gott oder meinetwegen einen Priester, der <Quetzalcoatl> alias <Kukumatz> alias <Kukulkan> hieß?"

„Aber sicher!" trumpfte Professor Schaubli auf. „Es gibt verschiedene Legenden über diesen Quetzalcoatl/Kukulkan, doch sind sie alle nur Erfindungen der Indios."

„W-a-s für Legenden?" bat Vater Lange und stieß den Tabak seiner Pfeife an die Decke.

„Wir wollen jetzt beim Namen Quetzalcoatl bleiben, Sie wissen ja inzwischen, daß Quetzalcoatl letztlich dasselbe ist wie Kukulkan. Mehrere spanische Mönche haben Legenden über diesen Quetzalcoatl überliefert. Danach soll Quetzalcoatl eher häßlich gewesen sein. Er hatte ein Gesicht wie ein grober Klotz, andere sagen, sein Gesicht habe sich hinter einer Maske verborgen. Er soll einen seltsamen Hut getragen, und auch einen Krummstab mitgeführt haben. Dazu eine leuchtende Halskette und schließlich noch Fußkettchen und Gummischuhe. Die Überlieferungen behaupten, Quetzalcoatl habe den Maya die Wissenschaften der Astronomie und Mathematik gelehrt, andere sagen, er habe ihnen auch noch die Handwerkskünste vermittelt und Gesetze erlassen. Wie gesagt, es gibt verschiedene Überlieferungen und sie sind reichlich widersprüchlich. Nach einer anderen Variante soll er von <himmlischen Wesen> begleitet gewesen sein. Seine Geburt wird als übernatürlich geschildert. Schließlich soll er an das <Ufer des Himmelswassers> gezogen sein und sich aus freien Stücken verbrannt haben. So wurde er in der Vorstellungswelt der Maya zum Morgenstern. Eine andere Variation berichtet, Quetzalcoatl sei im Morgengrauen <zum Himmel entrückt> und eine weitere Spielart will gar wissen, er habe ein <magisches Floß von Schlangen> bestiegen und sei in seine Heimat zurückgekehrt. Allen Überlieferungen ist eigentlich nur gemeinsam, daß Quetzalcoatl alias Kukulkan versprach, in einer fernen Zeit wiederzukehren. Tssss ... reicht Ihnen das, meine Damen und Herren?“

Genießerisch kredenzte Professor Schaubli einige kleine Schlucke des exzellenten Château Lafite, Jahrgang 1970.

„Oh – das ist hochinteressant!“ erwiderte Vater Lange. „Sie sagten, Quetzalcoatl-Kukulkan habe versprochen, wiederzukehren. Ist er denn wiedergekehrt?“

„Tssss ... Zumindest die Maya und Azteken glaubten das. Ihr Wiederkunftsglaube ist ihnen sogar zum Verhängnis geworden. Dazu müssen Sie wissen, daß die mesoamerikanischen Völker stets in Zyklen lebten. Der kleinste Zyklus betrug 52 Jahre. Sie glaubten tatsächlich, alle 52 Jahre würde ihr <himmlischer Lehrmeister>, wie sie ihn nannten, zurückkehren. Als im Jahre 1519 Hernando Cortez, der spanische

Eroberer, nach Zentralamerika kam, war zufälligerweise gerade ein 52er Jahreszyklus zu Ende. Sowohl die Maya im Tiefland wie auch die Azteken im Hochland vermuteten, Cortez sei der wiedergekehrte Quetzalcoatl beziehungsweise Kukulkan. Zumindest mußte er in ihren Augen ein Abgesandter ihres Gottes sein. Deshalb empfingen die Indios die Spanier mit Geschenken und Pomp. Cortez, das muß ich feststellen, hat die Situation sofort verstanden und das Mißverständnis schamlos ausgenutzt."

„Herr Professor, was vermuten *Sie* denn, wer dieser Quetzalcoatl gewesen sei?" Helga fragte es ganz scheinheilig.

„Tja", er sagte tatsächlich nicht tssss, „entweder war Quetzalcoatl eine Phantasiegestalt, entstanden aus dem <Quetzal-Vogel>, oder er könnte ein Seereisender aus dem alten Europa gewesen sein. Vielleicht ein Wikinger, den es nach Zentralamerika verschlug. Der Krummstab und sein seltsames Gewand deuten sogar auf einen christlichen Missionar hin. Die spanischen Eroberer vermuteten hinter der Sagengestalt den heiligen Apostel Thomas. Tsssssss!" Diesmal schnippte er verächtlich mit den Fingern. „Und noch etwas sollten Sie berücksichtigen: Nachdem meinetwegen irgendein Ur-Quetzalcoatl existiert haben mag, wurden nachfolgend alle möglichen Stammesfürsten zu <Quetzalcoatln> ernannt. Ganz ähnlich, wie im Römerreich der Name Cäsar zum Titel avancierte: Zar – Kaiser – Schah. So einfach ist das!"

So einfach war das nur für Professor Schaubli. Für den Rest der Tafelrunde wurde alles viel komplizierter. Artig fragte Peter, ob er dem Professor einige Dias zeigen dürfe. Ihn interessiere seine Meinung.

„Maya-Ruinen müssen Sie mir nicht zeigen", antwortete der großspurig. „Die kenne ich alle. Doch wenn Sie einige hübsche Mädchen auf Lager haben ... tsss ... tssss!"

Peter zeigte die Dias von Xixli und Yum. Es waren die Bilder, welche er gleich bei der ersten Begegnung mit Blitzlicht auf der Pyramidenspitze geschossen hatte. Professor Schaubli wurde plötzlich ganz still. Dann fragte er gedehnt:

„W-e-n haben wir denn da? Ach sieh mal, ist das nicht die Schürze, die wir datierten?"

Peter erklärte, die beiden Jungen trügen eine interessante Bemalung. Ob Professor Schaubli damit etwas anfangen könne. Der stand tatsächlich auf – ohne tssss-tssss – und betrachtete die beiden auf dem Boden sitzenden Gestalten genauer. Peter zeigte auch die Bilder mit dem bemalten Rücken.

„Ist ja interessant", sinnierte Professor Schaubli. „Die heutigen Maya bringen es immer wieder fertig, uns zu überraschen. Ich kenne den Tanz nicht, nach welchem die Burschen geschminkt sind, doch erkenne ich einige Stammeszeichen. Da ist die Quetzalschlange auf der Stirne, das war das Zeichen des Priesterclans, dann das Dreieck mit dem Kreis in der Mitte, das war der Bauernclan. Die etwas verschmierten Linien dort könnten auf den Bogenclan hinweisen und das Rechteck auf dem Handrücken symbolisiert eindeutig den Steinmetz-Clan."

„Wie viele dieser Clans gab es eigentlich?"

„Nach den spanischen Chronisten soll es insgesamt 52 gegeben haben. Wir kennen aber nicht mehr alle Zeichen. Die heutigen Mayafamilien haben oft alte Zeichen beibehalten. Ich muß eingestehen, daß die beiden Burschen auf ihren Bildern erstaunlich viele Zeichen aufweisen. Schade nur, daß soviele verschmiert sind."

„Gibt es eigentlich auch bildliche Darstellungen von Gott Kukulkan?" wollte Willi vom Professor wissen.

„Natürlich, doch sind sie genauso kontrovers wie die Legenden. Viele mit zarter Hand gepinselte Bilder auf den zentralamerikanischen Handschriften sollen Kukulkan darstellen. Mal trägt er einen Sack auf dem Rücken, dann einen Heiligenschein über dem Kopf, dann wieder hat er Ritualgegenstände in den Händen oder sogar Röhrchen in der Nase. Alles nur Phantasie der Maya-Künstler!"

„Röhrchen in der Nase? W-a-s für Röhrchen?" erkundigte sich Willi interessiert.

„Tssss! Ach wissen Sie, so kleine Holzstäbchen, mit denen sie ihre Nasen reinigten. Manchmal tragen sie die Röhrchen auch wie einen Schnurrbart quer unter der Nase."

„Und gibt es auch in Stein gehauene Darstellungen dieses Kukulkan?" forschte Peter weiter.

„Wahrscheinlich schon, doch ist es nicht leicht, den Kukulkan im Wirrwarr der Ornamentik herauszufiltern. In Tikal, das liegt im heutigen Guatemala und ist die älteste Maya-Stadt, fanden amerikanische Kollegen von mir eine Stele, die wir nicht richtig einordnen können. Deshalb nennen wir sie die <prä-klassische Stele>. Darauf ist eine Gestalt eingemeißelt, die vielleicht die Urform des Kukulkan sein könnte. Leider fehlt der Kopf, doch die Figur wird mit angezogenen Ellenbogen und Daumenhandschuhen dargestellt. Seltsame Röhren baumeln vor seiner Brust. Wahrscheinlich handelt es sich dabei nur um das stilisierte Rückenmark. Auch trägt die Gestalt große Stiefel mit schlauchartigen Auswüchsen – nichts weiter als Ornamentik, Verzierungen also, welche die Künstler der Natur abgeguckt haben."

Die Mitglieder der Familie Lange trugen abwechslungsweise Geschirr in die Küche oder halfen beim Aufdecken des Nachtisches. Und immer, wenn sich zwei begegneten, fragten sie:

„Sollen wir? Sollen wir dem Professor die wahre Geschichte von Xum und Xixli servieren?" Peter und Vater Lange waren strikt dagegen. Es würde nichts nützen. Der Professor würde mit den Fingern schnippen: Tssss ... tsssss!

Es war Professor Schaubli, der die Sprache wieder auf die beiden Maya-Jünglinge lenkte. Ganz offensichtlich beschäftigten ihn die Bemalungen auf deren Haut:

„Sagen Sie, Peter, wie gut kennen Sie eigentlich die beiden? Ich meine – äh – wart ihr lange zusammen?"

„Wir verbrachten einige Tage zusammen. Es sind sehr korrekte und gut erzogene Burschen."

„Kennen Sie auch die Eltern? Ich frage nur wegen der Zeichen auf ihren Körpern", fügte er hastig dazwischen, „es wäre doch reizvoll, von den Eltern mehr über diese alten Stammeszeichen erfahren zu können. Nicht?“

Peter wand sich. Was sollte er antworten. Da mischte sich Helga ins Gespräch:

„Die beiden Jünglinge waren krank, als Peter sie aufgelesen hat. Daraufhin haben wir sie einige Tage gepflegt. Ihre Eltern haben wir nie zu Gesicht bekommen ...“

„... tssss! Eigenartig!“ kommentierte Professor Schaubli. „Haben Sie denn noch Kontakt mit den beiden?“

In Peters Kopf jagten sich die Gedanken. Sollte er diesem skeptischen Gelehrten die wahre Geschichte erzählen? Unmöglich! Er hätte jede Chance vertan, von Professor Schaubli noch ernstgenommen zu werden. Noch während Peter um einen Entschluß kämpfte, bemerkte Vater Lange zwischen zwei Pfeifenzügen:

„Möchten Sie die beiden Burschen kennenlernen, Herr Professor?“

„Tja – warum eigentlich nicht? Wenn sich eine Möglichkeit gibt? Ich muß gestehen, daß mich die vielen und auch noch farbigen Stammeszeichen auf ihrer Haut irritieren.“

„Helga und ich fliegen im September wieder nach Mexiko“, warf Peter dazwischen. „Bei dieser Gelegenheit treffen wir auch auf die beiden Maya-Jünglinge. Wenn Sie, Herr Professor Schaubli, im September ebenfalls in Zentralamerika weilen, könnten wir uns zu einem bestimmten Datum treffen. Was halten Sie von dieser Idee?“

Professor Schaubli schwieg. Es kam kein «tssss» und kein Fingerschnippen. Dann kramte er eine abgegriffene Agenda aus der Innentasche seines Sakkos.

„September? ... September?“ sinnierte er laut vor sich hin. „Ich könnte am 15. September rüberfliegen. Und wenn es Ihnen recht ist, treffen wir uns am 20. in Chichen Itza. Was meinen Sie dazu?“

„Abgemacht!“ erwiderte Peter. „Wir treffen uns am 20. September gegen Abend im Hotel <Villa Arquéologica>. Und ich werde die beiden Maya-Burschen dabei haben!“

Das Wiedersehen

Die Monate jagten dahin. Als junger Assistenzarzt verdiente Peter wenig, und Helga, die Studentin, überhaupt nichts. Dennoch mußten sie sich keine Sorgen um die Finanzierung ihrer Mexikoreise machen, denn Peter besaß noch Ersparnisse, die er vor Jahren von der Großmutter geerbt hatte. Trotz des Spitalstresses, der ihn zu unmöglichen Zeiten aus dem Bett holte, besuchte Peter stur seine Spanischkurse. Einige Tage vor dem Abflug telefonierte er nochmals mit Professor van Keuten vom Fraunhofer Institut für Festkörpertechnologie in München. Peter wollte wissen, was aus der weiteren Untersuchung der Röhrchen geworden sei und ob er von den Amerikanern nochmals einen Scheck erhalte.

Professor van Keuten tat geheimnisvoll:

„Ich kann am Telefon nicht darüber reden. Wir müßten gelegentlich zusammenkommen."

„Alles was ich im Moment wissen will ist, ob ich neues Geld kriege und ob es sich bei den Röhrchen nun tatsächlich um Nano-Technologie handelt."

„Ersteres vermag ich zur Zeit nicht zu sagen und die zweite Frage möchte ich mit JA beantworten", erwiderte Professor van Keuten kühl.

„Herrgott noch einmal", schimpfte Peter, „tun Sie doch nicht so rätselhaft. Was haben die Amis mit den Rückständen des Röhrchens angestellt?"

Professor van Keuten hüstelte:

„Ich sagte Ihnen schon, daß ich darüber am Telefon nicht sprechen darf. Nur soviel, damit Sie mein Verhalten verstehen: Die Rückstände des Röhrchens sind meinen amerikanischen Kollegen aus den Händen genommen worden. Sie werden jetzt von einer anderen Abteilung untersucht."

„Das wird ja immer toller!" spottete Peter in die Hörmuschel. „Demnach liegt die Sache in den Händen irgend-

Der Tempel der Inschriften von Palenque. Zwei Meter unter dem Tempel liegt eine geheime Gruft.

welcher Militärwissenschaftler. Was wollen die mit harmlosen Röhrchen anfangen? Daraus läßt sich ja wohl keine Bombe basteln – oder?“

„Sie sollten nicht gleich an das Schlimmste denken“, erwiderte Professor van Keuten sachlich. „Es gibt auch militärische Geheimnisse, die nichts mit der Waffentechnologie am Hut haben.“

„Ach ja? Was denn zum Beispiel?“

„Die Weltraumforschung!“

„Die Weltraumforschung?“ wiederholte Peter verständnislos. „Was will *die* denn mit den Röhrchen?“

„Denken Sie darüber nach!“ forderte ihn Professor van Keuten auf. „Und wenn Sie aus Mexiko zurück sind, müssen wir uns treffen.“

Willi, der Physiker, kam auf die richtige Idee. Er erklärte der Familie, das alles klinge ganz logisch. Für die bemannte Raumfahrt benötige man frischen Sauerstoff. Die Astronauten würden schließlich Kohlendioxyd (CO_2 ausatmen, und wenn es gelänge, dieses Kohlendioxyd in Sauerstoff umzuwandeln, wäre das Atmungsproblem für ewige Zeiten gelöst. Zudem zähle in der Weltraumfahrt jedes Kilo Gewicht. Ein Kohlendioxyd-Sauerstoff-Umwandler in Nano-Technologie gebe nur einige Gramm auf die Waage. Ein Geschenk des Himmels für die Weltraumfahrt!

Am 30. August flogen Peter und Helga von Zürich nach Atlanta in den USA, und am selben Tag gleich weiter nach Cancun. Natürlich hatten sie ihr Kommen angekündigt, denn Peter telefonierte alle zwei Monate mit <el Profesor> in Tulum. Auch Yum und Xixli waren jeweils am Apparat. Ihr Spanisch entwickelte sich Monat für Monat fließender, es war eine Freude, ihnen zuzuhören.

„Wie mögen sie aussehen?" fragte Helga kurz vor der Landung in Cancun. „Beide seien gewachsen, hast du gesagt, und auch ihre Stimmen klingen tiefer. Ob sie wohl Schnäuze und Bärte tragen?"

„Unsinn!" entgegnete Peter etwas ungehalten. „Meines Wissens wachsen den echten Indios überhaupt keine Bärte, die kriegen nicht mal Haare auf der Brust! Zudem sind die Burschen erst Vierzehn. Da trägt die Jugend auch bei uns noch keine Bärte. Und wie Yum und Xixli aussehen, wirst du in zehn Minuten erleben!"

Beim Aussteigen aus dem Flugzeug schwappte den Passagieren eine Welle heißer Luft entgegen. „Der reinste Backofen!" spöttelte Helga. Peter und Helga passierten die Zollkontrolle rasch und reibungslos, auch interessierte sich niemand für das Gepäck der Reisenden. Im Ankunftsterminal erwartete sie ein braungebrannter, immer noch leicht übergewichtiger <el Profesor>. Er trug ein feuerrotes Hemd, dunkelblaue Cordhosen, braune Sandalen – und strahlte über das ganze Gesicht. Mit ausgebreiteten Armen lief er auf Peter und Helga zu und umarmte und küßte beide. Bescheiden und etwas verlegen standen zwei großgewachsene Jünglinge hinter <el Profesor>. Beide waren wie Zwillinge gekleidet: Sie trugen neue, weiß-grüne T-Shirts mit dem farbigen Bild der Pyramide von Chichen Itza auf der Brust. Es waren Leibchen, wie sie die Touristen an allen Ständen kaufen konnten. Dazu saubere, nicht zu enge Jeans in der dunklen Farbe Anthrazit, rot-blau gestreifte Socken und bequeme, moderne Turnschuhe in weiß-blau. Ihre pechschwarzen Haare waren genauso kurz geschnitten wie bei der ersten Begegnung, und auch die braune Hautfarbe hatte sich nicht verändert. Die beiden Jünglinge hatten feuchte Augen, als sie Helga und Peter umarmten. Dann aber schluckten sie tapfer und lächelten aus fröhlichen Gesichtern.

„Mein Gott, sehen *die* gut aus!“ entfuhr es Helga. „Wie junge Götter aus der Antike! Es kann nicht lange dauern, dann werden sich die Mädels hier um diese Burschen reißen!“

Helga hatte es auf deutsch gesagt, doch <el Profesor> mußte den Sinn und die Gestik verstanden haben:

„Xixli und Yum wissen sehr genau was sie wollen. Die ersten Damenbekanntschaften sind schon geknüpft!“

„Hoppla! Das geht aber schnell!“ grinste Peter. „Die beiden sind doch erst 14, wenn ich das richtig im Kopf habe.“

„Aber nicht zu jung, um Gefühle zu spüren!“ entgegnete der <Professor>. „Zudem sind die Damenbekanntschaften von Yum und Xixli selbst noch Kinder. Die eine ist mein eigenes Töchterchen und die andere ist die jüngste Schwester von Michael, dem Reiseleiter, der sie vor einem Jahr zu mir brachte. Sie sehen, beide sind in den besten Händen!“ Er lachte derart lauthals, daß sich mehrere Besucher in der Ankunftshalle verdutzt nach ihm umdrehten.

Während sie das Gepäck in ein Taxi verluden, zwängte sich Yum in Peters Nähe:

„Ich weiß jetzt, wer Kukulkan war!“ sagte er mit einer überzeugenden Gestik.

„Und ... was meinst du?“

„Xixli weiß es auch, und auch <el Profesor>. Du wirst staunen!“

Peter ereiferte sich: „Sag mir’s doch gleich!“

„Nein. Der <Professor> wird alles erklären.“

Die Gruppe ließ sich nach Cancun chauffieren, wo Peter für eine Nacht in einem großen Touristenhotel ein Zimmer reserviert hatte. Eigentlich wollte <el Profesor> mit Yum und Xixli in einer preisgünstigen Herberge übernachten, doch Helga ließ das nicht zu. Es gab zuviel zu bereden, zuviel zu planen. So besorgte Peter zwei weitere Zimmer im gleichen Hotel: Eines für den <Professor> und das andere für die beiden Jünglinge. Als Yum und Xixli in die riesige Hotelhalle traten, stockte ihnen für einen Moment der Atem. Obschon sie sich bereits ein Jahr in unserer Zeit aufhielten, hatten sie doch noch nie ein Luxushotel dieser Kategorie betreten. In der Hotelhalle sprühten zwei Springbrunnen, gurgelnd sprudelte das Wasser über künstliche Felswände hinunter. Im Hintergrund hockten Gäste an einer Bar, verträumt klimperte ein Pianist altbekannte Evergreens. Großflächige Fensterfronten gaben den Blick auf einen geschwungenen Swimmingpool frei, umrahmt von Palmen und tropischen Blumen und Büschen. Noch weiter draußsen spiegelte sich die Abendsonne im blauen Meer. Neben der Bar gab es in der Hotelhalle auch noch kleine Stände mit Souvenirs aller Art. Gegenüber dem Empfang war ein Restaurant mit farbigen Stühlen und Tischen eingerichtet. Die Wände schimmerten wie weißer Marmor, und über allem schwang sich eine gigantische Kuppel, die das Tageslicht in verschiedenen Farben reflektierte. Und natürlich herrschte in der ganzen Riesenhalle die gekühlte Atmosphäre der Air-condition.

Xixli und Yum schnauften einige Male hörbar, blitzschnell wanderten ihre Blicke umher, erfaßten die neue Welt mit verblüffter Miene. Dann aber folgten sie den anderen zielstrebig auf ein Tischchen zu. Da Peter und Helga von der langen Fliegerei etwas mitgenommen waren, bestellten sie zwei <Cuba libre> als Muntermacher. (Cuba libre nennt man das Mischgetränk aus Rum, Coca und Zitronensaft.) Die Burschen ihrerseits benahmen sich, als wären sie hier aufgewachsen. Selbstsicher bestellte jeder sein Getränk. Xixli wünschte einen Orangensaft und Yum eine Cola – con hielo, por favor! (Mit Eis, bitte!) Und <el Profesor> schloß sich dem <Cuba libre> an.

„Wie war das mit Kukulkan?“ wandte sich Peter an den <Professor>. „Yum sagte mir, Sie wüßten inzwischen, wer Kukulkan war.“

„Weiß ich auch, und das ganz zweifelsfrei“, erwiderte der <Professor>. „Aber niemand glaubt es mir. Sie, Don Pedro, werden es auch nicht glauben!“

„Versuchen Sie's mal. Ich bin auf Überraschungen eingestellt!“

«El Profesor» deutete zur gewaltigen Kuppel über der Hotelhalle. Dann sagte er bedächtig, und betonte jedes Wort mit einer Handbewegung:

„Kukulkan und seine Begleiter waren Raumfahrer.“

„Raumfahrer?“ Ungläubig starrte Helga zum <Professor>. „Eine bemannte Raumfahrt gibt es doch erst seit der Mondlandung im Jahre 1969, sieht man mal von den vorangegangenen Trainingsflügen ab. Wie sollen Raumfahrer zu den alten Maya gelangt sein?“

„Ich spreche nicht von Astronauten oder Kosmonauten *unserer* Erde“, betonte <el Profesor> mit ernstem Gesicht. „Kukulkan und seine Gefährten waren Außerirdische, die von irgendwoher da draußen kamen, und vor Jahrtausenden das Volk der Maya besuchten.“ Er legte eine kurze Pause ein, ehe er fortfuhr: „Ich warnte Sie doch, Sie glauben mir auch nicht!“

Peter starrte abwechselnd zu Helga und den beiden Burschen. Irgendwo in seinem Hinterkopf hatte er denselben Gedanken auch schon gehabt. Außerirdische! Aber wie sollten Außerirdische die gewaltigen Distanzen im Kosmos zurückgelegt haben, um unser Sonnensystem aufzusuchen? Weshalb gerade *unser* Sonnensystem? Peter wußte, daß unser Sonnensystem im Rahmen des Universums recht bedeutungslos war. Ein kleines Zentralgestirn mit einem einzigen, bewohnbaren Planeten, runde 30.000 Lichtjahre vom Zentrum unserer Milchstraße entfernt. Was sollte für Außerirdische so Besonderes daran sein? Und überhaupt: Woher kannten die Außerirdischen die Sprache der Maya?

Plötzlich spürte Peter Yums Hand auf seinem Handrücken. Wie auf ein vereinbartes Signal legte Xixli auch seine Hand darauf. Von beiden Seiten blickten die Burschen Peter an:

„Si, es la verdad! (Ja, es ist wahr!) Kukulkan und seine Begleiter waren Außerirdische. Wir können es dir beweisen!"

Helga nippte nervös an ihrem <Cuba libre>, Peter schwieg immer noch. Er mußte die neue Erkenntnis zuerst verarbeiten. Obschon er fühlte, daß <el Profesor> und die Jünglinge recht hatten, meldeten sich doch Widersprüche und Einwände in seinem Gehirn. Raumfahrer von irgendwoher! Gelandet schon vor Jahrtausenden auf der guten alten Erde! Wie um alles in der Welt sollte er dies einem Wissenschaftler erklären? Es war schon fast unmöglich, einem normal denkenden Menschen klarzumachen, daß Yum und Xixli aus der Vergangenheit kamen – und jetzt auch noch außerirdische Raumfahrer! Auch wenn es wahr war – es blieb unmöglich. Peter biß sich auf die Lippen, lächelte nervös und spielte mit den Eiswürfeln im Glas.

„Was beschäftigt Sie, Don Pedro?" erkundigte sich <el Profesor> teilnahmsvoll. Peter erklärte es ihm, Helga und die beiden Burschen hörten aufmerksam zu.

„Ich kenne unsere Pappenheimer!" lachte <el Profesor> wegwerfend. „Unsere Wissenschaft wird sich niemals mit dem Gedanken eines außerirdischen Besuches in der fernen Vergangenheit abfinden. Allerdings möchte ich zur Entschuldigung der Archäologen anführen, daß ich eine derart fantastische Geschichte auch nicht glauben würde, wenn die beiden Jungen nicht da wären." Er deutete mit dem Kopf auf Yum und Xixli. „Sie waren es, die mich auf den richtigen Gedanken brachten, dabei wußten die Jungen bis vor einem Monat nicht mal, was Außerirdische überhaupt sind."

„Und wie seid ihr draufgekommen?" erkundigte sich Helga fast lauernd.

<El Profesor> stieß einen langen Seufzer aus, dann bestellte er den zweiten <Cuba libre>:

„Sie wissen doch, daß ich selbst ein Abkömmling der Maya bin. Ich bin ein reinrassiger Itzá!" Stolz klopfte er sich auf die Brust. „Zuerst hat mir Yum sein ganzes Wissen anvertraut, das er als Novize im dritten Lehrjahr besaß. Er erzählte mir alle Überlieferungen, die er gelernt hatte, und erläuterte mir sogar den Sinn der ursprünglichen Wortstämme. Es mag komisch klingen, aber ich war Yums bester und einziger Schüler. Gleichzeitig brachten meine Familie und ich den beiden Jünglingen Spanisch bei. Nun wissen Sie doch, Don Pedro, daß mich immer wieder Archäologen aufsuchen, weil sie hoffen, ich könnte ihnen bei der Entzifferung der Maya-Schrift helfen. Dabei schenken sie mir ihre Bücher und oft auch farbenprächtige Bildbände. Wochenlang haben wir diese Bücher gemeinsam durchgeackert, haben Maya-Ruinen betrachtet, Stelen studiert und Gravuren untersucht. Yum und Xixli kannten die meisten Gesichter und Figuren! Die beiden sind einfach phänomenal! Wenn ich auf einer unbekannten

Auf der Grabplatte diese einzigartige Darstellung. Priester in einem Fahrzeug oder der Herrscher <Pacal> in der Unterwelt?

Skulptur irgendeinen Auswuchs, eine Verschnörkelung oder Verzierung fand, mit der ich nichts anfangen konnte, erklärten mir die beiden Jungen die Bedeutung ..."

„... wie ging das vor sich?" unterbrach Peter.

„Ich zeigte den Jungen ein Bild aus einem Bilderbuch, beispielsweise die Stele von Santa Lucia Cotzumalhuapa. Die Stele steht heute im Völkerkundemuseum von Berlin, wurde aber im letzten Jahrhundert in Guatemala, eben beim Dörfchen Santa Lucia, entdeckt. Im Bilderbuch ist die Stele mit den Worten <Ode an den Sonnengott> betitelt. Dazu wird im Text erläutert, es handle sich um ein Ritual im Zusammenhang mit dem Ballspiel. Der Spielführer grüße mit der linken Hand den Sonnengott. Und dieser Sonnengott würde aus dem Rachen der Himmelsschlange Richtung Erde stürzen. Sie können mir glauben, Yum und Xixli schauten mich jeweils an, als ob ich aus dem Irrenhaus käme."

„Das verstehe ich nicht", mischte sich Helga ins Gespräch. „Was sollte an Ihrer Erklärung so komisch sein?"

<El Profesor> klopfte sich auf die Schenkel und brüllte vor Lachen. „Xixli! Sag' du's ihr!"

Xixli drückte sich steif an seine Stuhllehne. Beide Hände legte er brav auf den Tisch. Dann erwiderte er mit ruhigen Worten:

„Die Abbildung hat nur indirekt mit unserem Ballspiel zu tun und zeigt die Segnung der Maske."

Jetzt war es Peter, der in höchst erstauntem Ton dazwischenrief: „W-i-e bitte? Die Segnung w-e-l-c-h-e-r Maske?"

Geduldig, doch immer mit einem sanften Lächeln um die Mundwinkel, erklärte Xixli:

„Jeder Maya, der den Clan oder sogar das Volk wechselte, vielleicht weil er heiratete oder bei einem anderen Volk bessere Arbeit verrichten konnte, vielleicht auch, weil er zu einem anderen Volk geschickt wurde, um dort etwas Besonderes zu lernen, mußte vor seinem Abschied eine Maske anfertigen. Diese Maske war ein echter Kautschuk-Abdruck von seinem Gesicht. Wir zapften die flüssige, weiße Kautschukmilch direkt vom Baumstamm. Dann vermischten wir die Milch mit fein zerhackten Pflanzenfasern und brauner Farbe der ausgekochten Baumrinde. Dann strichen wir getrocknetes Stärkemehl aus Knollenpflanzen auf unsere Gesichtshaut, und pappten das klebrige Kautschukgemisch obendrauf. Damit die Maske auf dem Gesicht trocknete, fächerte ein Kamerad warme Luft hinzu. Schließlich zogen wir die elastische Maske vom Gesicht und drehten das Innere nach außen. Dann begannen wir mit der Bemalung. Wir schminkten die Maske bis sie aussah wie eine Kopie des Gesichtes. Wenn nun ein Mann fortzog, weihte der Priester die Maske und hielt sie dem Firmament entgegen, denn dort oben, das wußten wir ja, ebte Kukulkan und seine Gefährten. Die Maske selbst blieb in der ursprünglichen Familie. Wir hängten sie an die äußere, nach Osten gerichtete Wand unserer Häuser. Auf diese Weise wußten immer alle in der Familie und im Dorf, wer abwesend war und wie der Abwesende aussah. Er blieb stets präsent. Wenn er eines Tages zurückkehrte, kannten ihn sogar die Kinder beim Namen. Nur bei den ganz großen Ballwettkämpfen war das anders. Jeder Spieler mußte seine Maske mitbringen. Diese Masken jeder Mannschaft wurden rechts und links des Spielfeldes, dort, wo die Stammesältesten und Priester saßen, an die Wand gehängt. Die Mannschaft, welche verlor, verlor auch gleichzeitig ihr Gesicht, denn von der gegnerischen Mannschaft durfte jeder Spieler diejenige Maske mitnehmen, die seinem direkten Gegenspieler gehörte. War der verlierende Spieler besonders bösartig, und hatte er seinem Gegner sogar Wunden am Kopf beigebracht, so durfte der Sieger die Maske seines Gegenspielers genauso verunstalten. Versteht ihr? Auf der Stele von Santa Lucia ist die Segnung der Maske dargestellt. Wenn du das Bild umdrehst, erkennst du die Maske in der erhobenen Hand klipp und klar. Jeder Spieler, oft aber auch ein Priester, hielt seine Maske dem Firmament entgegen und bat um den himmlischen Segen, damit er das Gesicht nicht verliere. Das obere Bilddrittel zeigt nicht den <Sonnengott>, der aus dem <Rachen> irgendeiner

<Schlange stürzt>, sondern den herniederfahrenden Kukulkan, von Feuerzungen umgeben, wie er mit gespreizten Armen und nach unten gerichteten Handflächen den Besitzer der Maske segnet."

Xixli schwieg. <El Profesor> kicherte leise vor sich hin und verschluckte sich beim Trinken. Peter und Helga waren konsterniert, sie wirkten wie erschlagen.

„Weshalb so ernste Gesichter?" munterte <el Profesor> sie auf. „Das Umdenken ist auch mir schwergefallen, bloß hatte ich hervorragenden Anschauungsunterricht und die besten Lehrer! Bereits fünf Tage, nachdem Sie, lieber Don Pedro, die Jungen bei mir abgeliefert hatten, besuchten wir gemeinsam die nahen Ruinen von Tulum. Wissen Sie, was Tulum ist?"

„Nee", antwortete Peter trocken, „ich bin schließlich kein Maya-Archäologe."

„Also", dozierte <el Profesor> gemütlich, „Sie wissen doch, ich lebe in San Felipe, unweit der Ruinenstadt Tulum. Genau wie San Felipe liegt auch Tulum an der Ostküste von Yukatan am Karibischen Meer. Die Spanier haben Tulum bereits im Mai 1518 gesichtet, also noch *bevor* der eigentliche Feldzug gegen die zentralamerikanischen Völker begann. Damals segelte Kapitän Juan de Grijalva der Küste entlang und beobachtete vom Schiff aus eine Stadt mit weißen Tempeln und Türmen, die ihnen derart mächtig vorkam wie das heimatliche Sevilla in Spanien. Es war Tulum, die Stadt, die auf einem hohen Felsenriff an der karibischen Küste sitzt. Damals besaß Tulum mehrstöckige Gebäude, die wie weißgelbe Leuchttürme über der grünblauen karibischen See prunkten. Die Stadt war rechteckig ausgelegt und verfügte über schnurgerade Hauptstraßen in Nord-Süd-Richtung. Nun – die Spanier segelten weiter, sie trauten sich nicht, Tulum anzugreifen. Heute existiert nur noch ein kleiner Teil des damaligen Tulum, einige armselige Ruinen mit zwei Tempeltürmen, an denen noch vereinzelte Stuckreliefs erkennbar sind. Der Stuck ist schlecht erhalten und die Renovierungsarbeiten werden Jahr für Jahr verschoben. Sie wissen ja, wie das hier läuft ..."

<El Profesor> genehmigte sich einen tiefen Schluck des vierten <Cuba libre>, bevor er fortfuhr:

„In den archäologischen Lehrbüchern steht, die ganze Stadt Tulum sei dem Gott der Bienen mit dem Namen *ah muzen cab* geweiht. Die Stuckreliefs würden ebendiesen Bienengott darstellen, wie er zur Erde herniederfliege. Ich habe also Xixli und Yum nach Tulum gebracht – es liegt schließlich vor meiner Haustüre – und ihnen die Tempel und Reliefs gezeigt. Ich berichtete ihnen auch die Lehrmeinung vom Bienengott. Damals haben mich die beiden zum ersten Male angeglotzt, als ob ich nicht ganz richtig im Kopf sei. Zuerst glaubten sie, sie hätten mich mißverstanden, als ich vom <Bienengott> erzählte und auf die schlecht erhaltenen Reliefs an den Tempeln wies. Dazu müssen Sie wissen, Helga und Don Pedro, daß diese Reliefs behelmte Wesen mit menschlichen Gesichtern zeigen, die bäuchlings auf die Erde zurasen ..."

Schüchtern unterbrach Yum:

„... darf ich es sagen? José Miguel?" (Das ist der Vorname des <Professors>.)

„Si, si – continua!" (Ja, ja, mach' weiter!)

Auch Yum setzte ein feines Lächeln auf. Was kam, schien ihn zu belustigen, und trotzdem wollte er niemanden verletzen:

„Tulum hat mit einem <Bienengott> nie etwas zu tun gehabt. Wir kannten überhaupt keinen <Bienengott>. Xixli und ich konnten nicht verstehen, wie eure klugen Wissenschaftler auf eine derartig verkehrte Idee kommen konnten. Ganz Tulum war den herniederfahrenden Göttern geweiht, es war eine heilige Stadt, etwa dasselbe, was ihr heute einen Wallfahrtsort nennt. Tulum ist die einzige Mayastadt gewesen, die von drei Seiten von einer Mauer eingezäunt war. Dies wegen des großen Andrangs der Gläubigen, denn alle 13, 26, 39 und 52 Jahre fanden in Tulum gewaltige Feste zu Ehren von Kukulkan und seinen Gefährten statt. Dazu müßt ihr wissen, daß Kukulkan und seine Gefährten bei ihrem zweiten und dritten Besuch an der Stelle, wo heute Tulum steht, eine kleine Niederlassung eingerichtet hatten. Sie kamen nie mit dem großen <Himmelsschiff>, von dem wir inzwischen wissen, daß es ein Weltraumschiff war, nach Tulum, sondern immer nur mit kleinen, fliegenden Fahrzeugen, auf denen jeweils ein einziges Wesen sitzen oder auf dem Bauch liegen konnte. Vielleicht liebten sie das Klima und die frischen Winde des Meeres. An derselben Stelle haben unsere Vorfahren Tulum errichtet, weil sie hofften, Kukulkan und seine Gefährten würden dermaleinst erneut hier auftauchen. Auf den Tempelreliefs ist kein <Bienengott> dargestellt ..." – Yum unterdrückte ein Lachen – „sondern die herumfliegenden <Götter> auf ihren Ein-Mann-Fluggeräten. Oh Peter! Wir müssen hinfahren, dann seht ihr es mit eigenen Augen. Euer angeblicher <Bienengott> trägt einen Schutzanzug mit Helm! Seine Füße sind beschuht, die Beine sind gespreizt und liegen auf breiten Auflagetellern. Selbst die Flügel haben unsere Steinmetze dargestellt, weiß Gott keine Bienenflügel! Und zudem sind die Gestalten in einer Weise reliefiert, die eindeutig das Herniederfliegen beweisen. Der Kopf ist auf die Erde gerichtet, die Beine weisen zum Firmament! Wie konnte man daraus einen <Bienengott> machen?"

Peter wußte es auch nicht. Stumm und resigniert schüttelte er den Kopf. Ihm dämmerte immer mehr, daß viele Teile einer doch sehr respektablen Wissenschaft, der Maya-Archäologie, in den Mülleimer geworfen werden konnten. Gleichzeitig war Peter klar, daß genau dies nicht geschehen würde. Weshalb sollten die Archäologen einige ihrer Ansichten umkrempeln? Wegen Yum und Xixli? Die Archäologen würden nicht einmal die Geschichte des Zeitsprungs aus der Vergangenheit in die Gegenwart schlucken, geschweige denn irgendwelche Belehrungen über Außerirdische. Und die Beispiele der Stelen oder Skulpturen, die eben besprochen worden waren, boten keine echten Beweise. Sie blieben Ansichtssache. Man konnte es *so* oder *so* betrachten. Die Archäologen würden schlicht bei ihrer Ansicht bleiben.

Als ob er Peters Gedanken lesen könnte, sagte Yum:

Sechs Meter unter dieser Bodenplatte liegen – laut Yum – heute noch technische Hinterlassenschaften der Götter.

„Wir *haben* die Beweise!"

„Was für Beweise?" fragte Peter zurück. „Steine, Skulpturen, Reliefs, Tempelwände und so weiter *sind* keine Beweise! Wenn ich daran denke, all dies Professor Schaubli erzählen zu müssen! Du meine Güte, der kriegt einen Lachkrampf!"

„Professor Schaubli aus Zürich?" mischte sich José Miguel (<el Profesor>) ins Gespräch. „Meinen Sie den, der immer <tssss ... tssss> macht? Den kenne ich, er war zweimal bei mir. Einmal brachte er Schweizer Schokolade als Geschenk und ein andermal eine Kuhglocke! Der tut nur so selbstsicher, in Wirklichkeit kennt er die Schwächen und Löcher seiner eigenen Deutungen. Wenn ich ihm die Geschichte berichte, und auch noch Xixli und Yum dabei habe, können wir ihn umkrempeln!"

„Glaube ich nicht", bemerkte Helga trocken. „Der wird mit den Fingern schnippen und uns für Verrückte halten."

„Nein!" protestierte José Miguel. „Schaubli ist schließlich Akademiker und im Grunde eine integre Persönlichkeit, auch wenn er einige Macken hat. Wer hat die nicht? Er wird sich den Beweisen nicht verschließen."

„*Welchen* Beweisen?" Peter rief es fast verzweifelt aus.

Diesmal bat Xixli um das Wort. Obschon die Burschen bereits ein Jahr in unserer Welt lebten, hatten sie sich noch nicht daran gewöhnt, ohne Erlaubnis der Erwachsenen in eine Diskussion einzugreifen.

„Sprecht, wann ihr wollt!" forderte sie José Miguel auf.

Xixli begann: „Wir haben die Röhrchen, die während unseres Tauchgangs Sauerstoff abgaben. Und wir wissen, wo noch andere Geschenke versteckt sind, die Kukulkan und seine Gefährten bei unseren Vorfahren zurückließen."

„Wo?" erkundigte sich Peter bohrend. Seine Augen blickten hilfesuchend zur Kuppel. Inzwischen war die Nacht hereingebrochen. Übergangslos hatten starke Scheinwerfer das Tageslicht ersetzt. Die Glaskuppel über der Hotelhalle leuchtete in allen Farben des Regenbogens.

Yum antwortete:

„In der Maya-Stadt Palenque, unter der Pyramide, die ihr heute <Tempel der Inschriften> nennt. Dann in Copan, das im Lande Honduras liegt. Wir haben mit José Miguel die Bilder betrachtet. Eine der Skulpturen dort zeigt ein Ein-Mann-Fluggerät, und das ursprüngliche Herz liegt immer noch in der Skulptur ..."

„W-a-s für ein <Herz>?" Peter schüttelte verzweifelt den Kopf.

„Das <Herz> war das, was ihr heute die Energie nennt."

Erklärend griff José Miguel ein:

„Yum meint die Antriebsenergie, aus welcher der Motor gespeist wurde."

„Das gibt's doch nicht!" unterbrach Peter heftig. „Ihr wollt doch nicht allen Ernstes behaupten, in einer steinernen Skulptur sei irgendeine außerirdische Energie eingemauert?"

„Doch!" beharrten Yum und Xixli gleichzeitig. „Wir verstehen diese Energie auch nicht. Aber sie ist dort, in der Skulptur von Copan."

Helga erhob sich: „Ich kann nicht mehr folgen. Zudem bin ich hundemüde. Ich gehe schlafen und sehe euch morgen wieder. Peter, bitte, komm bald zu Bett!"

Auch Peter spürte die Müdigkeit des langen Fluges und den Zeitunterschied zwischen Europa und Mexiko. Manchmal hatte er den Eindruck, der Boden unter seinen Füßen wanke. Von der Bar klangen abgerissene Fetzen der Pianomusik herüber, die gesamte Hotelhalle war von einem kunterbunten Stimmengewirr überlagert. Trotz der Müdigkeit ließen ihn die Worte von Yum und Xixli nicht los. Irgendeine ominöse <Energie> sollte in eine steinerne Skulptur eingemauert sein? Was meinten die Burschen nur? Peter konnte sich beim besten Willen keine derartige Energie vorstellen. Andererseits kannte er die Geschichte mit den Röhrchen, den Sauerstoff-Umwandlern. Die waren schließlich auch echt. Weshalb also sollte es die <Energie>, von der Yum und Xixli sprachen, nicht geben?

José Miguel, <el Profesor>, blickte mit etwas glasigen Augen zu Peter. Ganz eindeutig hatte er zuviel Rum getrunken. Dennoch hielt er sich gut in der Gewalt. Er lallte nicht, als er mit sonorem Bariton verkündete:

„Und da ist noch der lebendige Beweis, den die beiden Burschen mir versprochen haben. Es ist der einzige Punkt, wo sie nicht mit der Sprache herausrücken. Sie sagen, es solle eine Überraschung werden."

„Si, si!" nickten Yum und Xixli eifrig. „Wir werden euch den lebendigen Beweis zeigen, den niemand verstecken kann." Überlegen und selbstsicher lachten die beiden Jünglinge.

Als Peter eine halbe Stunde später im Bett lag, träumte er vom <lebendigen Beweis>. Wie in einem Science-Fiction-Film rasten Kukulkan und seine Gefährten auf fliegenden Motorrädern durch seine Gehirnwindungen. Dann tauchten zwei zusätzliche Gebilde auf. Sie sahen aus wie schwebende Schilde oder Bettvorleger, und sie zischten mit atemberaubender Geschwindigkeit an Peter vorbei, kehrten um und rissen direkt vor ihm einen Stop. Peter erkannte Yum und Xixli, die auf seltsamen, feuerroten Sätteln, die vorne und hinten nach oben gewölbt waren, hockten. Die Burschen lachten fröhlich und winkten Peter zu. In seiner Traumwelt hörte er ihre Stimmen in einer fremden Sprache und verstand sie trotzdem: „Glaubst du uns jetzt?“

Die sogenannten Bienengötter von Tulum.

Geschichten und Entdeckungen

Ausgeschlafen und voller guter Vorsätze beschloß das kleine Team am nächsten Tag, als erstes Ziel die Maya-Stadt Palenque zu besuchen. Der Ort liegt über eintausend Straßenkilometer von Cancun entfernt im mexikanischen Bundesstaat Chiapas. José Miguel wollte die Strecke im Auto zurücklegen, doch Peter schlug vor, mit dem Flugzeug nach Villahermosa zu fliegen und erst dort einen Wagen zu mieten. Von Villahermosa nach Palenque waren es nur noch einige Fahrtstunden.

„Fliegen? Du meinst, w-i-r sollen fliegen?" fragte Xixli ungläubig.

„Natürlich", entgegnete Peter betont lässig. Der Flug von Cancun nach Villahermosa dauert eine knappe Stunde. Ihr werdet euch fühlen wie im Auto, mit dem einzigen Unterschied, daß ihr die Welt aus der Vogelperspektive seht."

José Miguel, <el Profesor>, blickte verlegen zu Boden. Irgend etwas bedrängte ihn, aber er wollte mit der Sprache nicht herausrücken.

„Was plagt Sie, Senor Profesor?" ermunterte ihn Helga. „Sprechen Sie sich aus! Nur keine Hemmungen!"

Der zeichnete mit seinen Sandalen Figuren in den Boden, ehe er sich räusperte:

„Äh ...! Hm! Die Jungen sind noch nie geflogen, und ... ehrlich gesagt ... ich auch nicht! Ich bin zwar schon ein alter Mann, habe aber noch nie ein Flugzeug bestiegen!"

„Dann fliegen Sie eben zum ersten Mal!" lachte Helga unbekümmert. „Es wird für Sie und die Burschen eine neue Erfahrung sein. Fliegen ist schön, und ungefährlicher als Autofahren!"

Verlegen kratzte sich José Miguel in den Haaren: „Aber beim Autofahren kann man nicht herunterfallen!"

„Dafür könnte man von einem LKW zerdrückt werden, sich überschlagen, ein Reifen könnte platzen oder ein betrunkener Automobilist könnte einen rammen. Die Gefahren auf der Straße sind vielfältiger als die in der Luft! Das ist auch statistisch einwandfrei nachgewiesen", beharrte Helga. Nun wandte sich Peter direkt an Yum und Xixli:

„Möchtet ihr mal wie Kukulkan über den Wolken fliegen und von oben auf das Mayaland hinunterblicken? Möchtet ihr die Welt, aus der ihr kommt, wie einer der acht Jünglinge erleben, die zu Kukulkans Zeiten über die Erde hinausgeflogen sind?"

Das wirkte. Die Burschen bekamen glänzende Augen. Sie unterhielten sich kurz in ihrer Muttersprache und verkündeten ihren Entschluß in knappen Worten:

„Wir fliegen!"

José Miguel klopfte auf seine Brust:

„Ich, ein Abkömmling der echten Itzà, kann nicht weniger erleben als diese Kinder. Ich fliege mit!"

Alles lachte drauflos. Im Hotel gab es ein Reisebüro. Peter kaufte fünf Flugkarten nach Villahermosa und zurück und bezahlte sie mit einer Kreditkarte. Am gleichen Nachmittag, zehn Minuten nach drei, sollte die Maschine der Fluggesellschaft MEXICANA starten. Bevor die Gruppe ein Taxi zum Flughafen bestieg, besuchte sie eine große Bank in Cancun. Peter eröffnete für die beiden Burschen Bankkonten und leistete auf jedes Konto eine Zahlung von 10.000 US-Dollars. Es war das Geld, welches er von der amerikanischen Universität für die Auswertung der seltsamen Röhrchen erhalten hatte. Dann ging's Richtung Flughafen. Waren die Burschen anfangs noch ausgelassen und fröhlich, so wurden sie ruhiger, je näher das Flughafengebäude heranrückte. Auch <el Profesor> schwieg und faltete die Hände, als ob er heimlich bete. Peter gab das Gepäck auf und besorgte die Einstiegskarten. Als die Passagiere ins Flugzeug gebeten wurden, kaute <el Profesor> auf seinen Lippen herum, die beiden Jungen schwiegen trotzig. Sie erstiegen die Treppe zum Flugzeug mit hocherhobenen Häuptern, geradeso, als würden sie gleich geopfert. Im Flugzeug belegte die kleine Gruppe zwei Sitzreihen hintereinander. Vorne saß Helga mit José Miguel, dahinter Peter mit Xixli und Yum. Peter schnallte die Burschen an und sagte ihnen, sie sollten beim Start getrost die Augen offenhalten und zum Fenster hinausschauen. Als das ohrenbetäubende Heulen der Triebwerke in die Maschine drang, schwitzte José Miguel aus allen Poren und schloß schicksalsergeben die Augen. Er sah seine letzten Sekunden gekommen. Xixli und Yum krallten sich versteift an die Sitzlehnen und glotzten mit angstvoll aufgerissenen Augen auf die immer schneller vorüberjagende Piste. Das Flugzeug hob die Nase, die Erschütterungen der Piste legten sich, beruhigend lächelte Peter seinen beiden Schützlingen zu. Die gafften immer noch mit angehaltenem Atem aus dem ovalen Fenster. Kurz nach dem Abheben legte sich die Maschine in eine steile Kurve über die Bucht von Cancun. Hotelpaläste und Straßen tauchten im Blickfeld auf. Die Räder des Flugzeuges wurden eingezogen. Yum und Xixli registrierten die dabei auftretenden Erschütterungen mit einem hilfesuchenden Blick auf Peter. Der erklärte ihnen die technischen Vorgänge, und die Burschen entkrampften sich. Jetzt begannen sie, den Flug zu genießen. Mit immer höherer Geschwindigkeit stach die Maschine in den blauen Himmel über dem Golf von Mexiko. Rechts das Meer, links die Küste. Yum und Xixli drückten ihre Nasen ans Fenster und plauderten ununterbrochen in ihrer Muttersprache. Als die Maschine über die Tropenwälder des mexikanischen Bundesstaates Campeche zog, deuteten die Burschen aufgeregt nach unten:

„Peter! Siehst du die Kanäle?“

„Was für Kanäle?“ Peter erblickte unter sich nur eine dampfende, grüne Hölle.

„Unsere Mayastädte waren durch Kanäle verbunden. Wir erkennen den alten Verlauf an den Änderungen der Vegetation.“ Tatsächlich, beim näheren Hinschauen, bemerkte auch Peter schnurgerade Linien in der Waschküche unter ihm. Die Linien waren etwas dunkler als die übliche Vegetation. Erst drei Monate später sollte Peter einen wissenschaftlichen

Bericht lesen, in dem die Existenz dieser Maya-Kanäle bestätigt wurde.

Nach einstündigem Flug senkte sich das Flugzeug auf Villahermosa zu. Yum und Xixli verhielten sich inzwischen wie ausgekochte Vielflieger. Sie genossen den Landeanflug und summten eine Melodie vor sich hin. Nur José Miguel schloß erneut die Augen und verkrampfte sich auf seinem Sessel. Gleich nach der Landung mietete Peter ein Auto. Die Strecke nach Palenque betrage nur 110 Kilometer, sagte der Autovermieter, und die Straße dorthin sei gut ausgebaut und asphaltiert. Also nichts wie los! Bereits gegen sieben Uhr abends erreichte die Gruppe die Ortseinfahrt von Palenque. Mitten auf einer Kreuzung stand ein riesiges Denkmal von Pacal, das war der letzte Herrscher der Maya-Stadt Palenque gewesen. Sein steinernes Gesicht mit der überlangen Nase und den sanft geschwungenen Lippen blickte himmelwärts, als ob er die Rückkehr der Götter erwarte.

José Miguel erkundigte sich bei Passanten nach einer Übernachtungsmöglichkeit, und die Gruppe fand rasch Unterkunft im sehr angenehmen Hotel <La Mision>. Der Abend war hereingebrochen, es war zu spät für eine Besichtigung der Tempelruinen. So erkundigte sich Peter an der Rezeption nach einem Führer, der ihnen anderntags die Ruinen zeigen sollte.

„Wie ich aus Ihrem Reisepaß sehe, sind Sie Schweizer", sagte die sympathische Dame hinter dem Tresen. „Hier in Palenque lebt ein Landsmann von Ihnen. Er heißt Paolo Suter und führt die Touristen seit über 30 Jahren zu den Maya-Tempeln. Er spricht sechs Sprachen und gilt als der internationalste aller Führer. Darf ich ihn rufen lassen?"

40 Minuten später betrat ein hagerer, älterer Herr mit hoher Stirnglatze und einer dicken Hornbrille auf der Nase das Restaurant. Paolo Suter. Er begrüßte Helga und Peter auf Schweizerdeutsch, wechselte dann aber rasch ins Spanische, damit ihn auch die anderen verstanden. Nachdem Getränke und einige gebratene Hühnchen bestellt worden waren, fragte

Peter, wie es denn komme, daß ein Schweizer in Palenque als Reiseführer tätig sei. Paolo Suter lächelte etwas müde und erklärte, er sei als junger Mann nach Mexiko verschlagen worden, weil er in der Heimat den Militärdienst verweigert habe. Das sei zu Beginn der 60-iger Jahre noch als schweres Vergehen geahndet worden. Nach turbulenten Wander- und Liebesjahren habe er sich mehr und mehr für die alten Maya interessiert, und sei schließlich hier seßhaft geworden. Er kenne viele der hier ansässigen Nachfahren der Maya – und auch viele ihrer Geheimnisse. Peter bat um Informationen über Palenque. Was war das für ein Ort? Was wußte man darüber?

Paolo Suter stülpte das Band einer abgegriffenen Ledertasche, die über seiner Schulter hing, ab, und kramte ein Bündel Papiere hervor.

„Palenque ist einzigartig", sagte er in einer ruhigen und sonoren Stimme. „Viele Tempel und Pyramiden liegen heute noch unter dem Erdreich. Doch das, was ausgegraben wurde, ist in mancher Hinsicht sensationell."

„Wie alt sind die Ausgrabungen?" wollte Helga wissen.

„Die neueren Ausgrabungen begannen Ende der Vierzigerjahre und sind bis heute nicht abgeschlossen. Doch wurde Palenque schon vor 200 Jahren von verschiedenen Reisenden entdeckt, beschrieben und sogar gezeichnet. Bereits im Mai 1787 erreichte ein spanischer Hauptmann namens <del Rio> mit seiner geschundenen Truppe das Ruinenfeld. <Del Rio> brauchte zwei Wochen, um die überwucherten Ruinen einigermaßen zu sichten und Schneisen durch das dicke Buschwerk zu schlagen. Dann stand er mitten auf einer Lichtung und blickte gebannt auf die Ruinen eines Palastes, eines regelrechten Irrgartens von Räumen und ineinander verschachtelten Höfen. Grimmige Gesichter starrten die Eindringlinge aus dem Stuck der Wände an, die mit vielen Schriftzeichen und mysteriösen Figuren regelrecht übersät waren. Es regnete ununterbrochen, und Schwärme von blutgierigen Moskitos verfolgten <del Rio> und seine Leute. Der Hauptmann war nicht zimperlich. Rücksichtslos ließ er einige Tempelböden aufreißen. Sein rabiates Verhalten jagt den Archäologen heute noch eine Gänsehaut über den Rücken. <Del Rio> erbeutete 32 Kunstgegenstände, die er in einige Kisten verpackte und nach Madrid verschiffen ließ. Dort verschwanden sie in irgendeinem Staatsarchiv. Sie sind nie wieder aufgetaucht.“

Paolo Suter hüstelte trocken: „Wissen Sie, damals hatte die Welt andere Sorgen als einige Trümmerhaufen in Neu-Spanien, denn so hieß das Gebiet, auf dem wir uns befinden, vor 200 Jahren. Ja, und im Jahre 1822 erschien in London sogar ein kleines Büchlein über Palenque. Niemand interessierte sich dafür. Die Welt nahm von den Entdeckungen im fernen Mexiko keine Notiz. Mit einer Ausnahme! Das Büchlein über Palenque geriet in die Hände des etwas verrückten aber liebenswürdigen Grafen Jean-Frédéric von Waldeck. Der war von den Schilderungen über Palenque begeistert. Er mußte hin! Im Namen der mexikanischen Regierung bat Waldeck die hier ansässigen Indios, ihm bei der Freilegung der Ruinen zu helfen. Doch die Indios wollten Geld sehen. Die ferne Regierung scherte sie einen Dreck. Waldeck setzte seine ganze Habe ein, insgesamt 3000 mexikanische Dollars, die in der glühenden Sonne wie ein Stück Butter dahinschmolzen. Armer Graf Waldeck! Total pleite, machte er dennoch weiter. Waldeck war nämlich ein begnadeter Zeichner und Maler. Schließlich gab es damals noch keine Fotoapparate! Oft allein gelassen, von der tropisch-feuchten Natur gequält, bahnte sich Waldeck Wege zu den überwucherten Tempeln. Tag für Tag saß er in der dampfenden Schwüle, den sintflutartigen Wolkenbrüchen und den stechwütigen Insekten ausgeliefert, und hielt sein Zeichenbrett auf den Knien. Schließlich richtete er in einer Ruine ein bescheidenes Lager ein. Noch heute wird der Bau, in dem Graf Waldeck hauste, liebevoll-spöttisch <Tempel des Grafen> genannt.“

Paolo Suter schwieg und nippte an einem Glas Orangensaft. Auch seine Zuhörer, die fasziniert gelauscht hatten, blieben vorerst stumm. Schließlich erkundigte sich Xixli schüchtern:

„Gibt es denn die Zeichnungen von Graf Waldeck noch?"

„Nur einen kleinen Teil", erwiderte Paolo Suter. „Waldeck hatte über einhundert Zeichnungen angefertigt. Gerade 21 davon wurden 1838 in einem Büchlein des Titels *Romantische archäologische Reise in Yucatan* veröffentlicht. Der Rest ist verschwunden."

„Und wie ging es weiter?" wollte Helga wissen. „Wann hat denn die Wissenschaft von Palenque endlich Notiz genommen?"

Paolo Suter, der einsame Schweizer im fernen Palenque, blätterte in seinen Papieren ehe er fortfuhr:

„Im damaligen London lebte ein anderer, hervorragender Zeichner und Maler: Frederick Catherwood. Der hatte das Büchlein von Waldeck gelesen und dessen Zeichnungen von Palenque bewundert. Nun traf Catherwood zufälligerweise an einer Londoner Ausstellung mit dem amerikanischen Rechtsanwalt John Lloyd Stephens zusammen, und der wiederum war bekannt als Reiseschriftsteller. Catherwood und Stephens taten sich zusammen, sie wollten Zentralamerika bereisen und die Maya-Ruinen skizzieren. Als sie 1840 Palenque erreichten, erging es ihnen wie vorher Waldeck. Die Regenzeit hatte begonnen, der Urwald tropfte und dampfte. Unter dichtem Dschungel und Moosen verborgen fanden sie anfänglich die Ruinen nicht. Schließlich halfen ihnen lokale Indios weiter. Catherwood und Stephens bezogen in derselben Ruine Quartier, in der bereits Graf Waldeck gehaust hatte. Nach der von Moskitos zur Hölle gemachten, ersten Nacht war ihre ganze Ausrüstung naß; in der Feuchte des Dauerregens setzten Schuhe, Kleider und Lederzeug Schimmel an, eiserne Geräte wie Hacken, Spaten und Messer rosteten. Äxte, mit denen man Pfade zu den Ruinen hätte freischlagen können, gab es nicht. Das einzige Werkzeug war die Machete, dieses einschneidige, an der Spitze gebogene Buschmesser. Zu den Stechmücken gesellten sich Giftschlangen,

Zecken und andere Schmarotzer. Die Nächte müssen fürchterlich gewesen sein, denn Catherwood und Stephens durften keine Kerzen anzünden, weil jeder Lichtschein die Plagegeister gleich zu Millionen anlockte. Lediglich der Qualm von Zigarren hielt die Insekten auf Distanz.

Catherwood und Stephens entdeckten Pyramiden und wunderbare Götterfiguren, die in mehreren Farben leuchteten. Sie stießen auf Dämonenfratzen und zartgliedrige Gestalten, dann wieder auf grimmige Gesichter und Hunderte von unverständlichen Schriftzeichen. In humorvollem Plauderstil verpackt, lieferte Stephens Beweise seines Sachverstandes und seiner blendenden Beobachtungsgabe. Und sein Freund Catherwood illustrierte die schildernden Worte mit präzisen Darstellungen auf dem Zeichenblatt. Diese Bilddokumente sind bis heute unersetzlich geblieben, weil die in feinen Strichen herausgearbeiteten Details von keiner Fotografie erreicht werden. Catherwood und Stephens veröffentlichten 1841 ein Buch des Titels: *Incidents of Travel in Central America, Chiapas and Yucatan.* (Reiseerlebnisse in Zentralamerika, Chiapas und Yukatan.) Dem ersten Werk folgte bald ein zweiter Band, und beide Bücher wurden von der Öffentlichkeit mit Begeisterung aufgenommen. Endlich war das Eis gebrochen. Man begann, sich um die Ruinen in den Urwäldern Zentralamerikas zu kümmern. So steht Catherwood und Stephens das Verdienst zu, die Zeit der wissenschaftlichen Maya-Forschung begründet zu haben."

Yum und Xixli hatten aufmerksam zugehört. Sie fieberten geradezu darauf, die Ruinen ihrer Vorfahren zu besichtigen. Doch inzwischen war die Nacht hereingebrochen, draußen quäkte, zirpte, jaulte es. Das Hotel <La Mision> stand am Rande des Urwaldes. Anderntags um acht Uhr holte Paolo Suter die kleine Reisegruppe ab und dirigierte das Auto bis kurz vor die Tempelanlagen. Staunend stand die Gruppe vor einem eindrucksvollen Komplex, der heute <el Palacio> genannt wird. Die mächtige Anlage steht auf mehreren Plattformen, die ihrerseits in diverse Räume und Höfe unterteilt sind. An den Pfeilern prangten Reliefs, die Xixli mit leuchtenden Augen betastete. Eben erklärte Paolo Suter, eine der Figuren stelle einen Maya-Priester dar, der unter den Schuhsohlen die Zahl <4> trage. Yum hatte es mit halbem Ohr gehört. Er betrachtete die Figur, schüttelte den Kopf und zog Peter und José Miguel zur Seite:

„W-a-s soll das sein? Die Zahl <4>? Wie kommt Senor Suter denn darauf?"

„Nun, das wird so in den wissenschaftlichen Büchern stehen", lächelte José Miguel spitzbübisch. Jetzt war auch Xixli hinzugetreten:

„Das ist nicht die Zahl <4> und auch kein Maya-Priester, sondern ein Schnelläufer auf seinen Rollschuhen!" Und etwas verschämt fügte er bei: „Sind eure Wissenschaftler eigentlich blind? Meine Vorfahren haben die Darstellung doch eindeutig reliefiert!"

Tatsächlich zeigte das Bild einen Maya mit Sandalen, die mit Bändern an den Fußknöcheln festgebunden waren. Unter den Sohlen erkannte man leicht zwei Rädchen. Trocken bemerkte Peter:

„Ich will dich ja nicht kritisieren, Xixli, denn schließlich warst du seinerzeit lebendig dabei. Aber was sollen denn Rollschuhe in einer Kultur, die keine Strassen kannte? Soweit ich gelesen habe, kannten deine Vorfahren das Rad gar nicht und brauchten deshalb auch keine Straßen!"

Jetzt setzte sich die ganze Gruppe auf die Stufen des <Palacio>. Auch Paolo Suter hörte verblüfft zu, wie Yum erklärte:

„Verzeiht, Amigos, aber das ist alles Unsinn! Natürlich kannten unsere Vorfahren das Rad, und wir unterhielten auch ein riesiges Netz von gepflasterten Straßen! Alle unsere heiligen Städte waren durch Straßen untereinander verbunden. Eine unserer Straßen begann in Cobá, im Norden des heutigen Bundesstaates Quintana Roo. Sie führte in einem langgezogenen Bogen an Cobá vorbei nach Chichen Itza, wo wir aufgewachsen sind! Die Straße lief weiter nach Mayapan und

Antropomorphe Darstellung in Copan (Honduras). Im Zentrum <das Herz>. Die symbolische Energie?

Uxmal – Amigos, das ist eine Distanz von über 300 Kilometern! Andere Straßen führten quer durch das Mayaland von Tikal im heutigen Guatemala bis nach Mérida! Unsere Straßenbauer nivellierten die Straßen, bevor sie mit zerstückeltem Fels gepflastert und mit einem hellen, wasserfesten Belag aus Kalk und flüssigem Gummi überzogen wurden. Die Darstellung hier zeigt einen Schnellläufer auf seinen Rollschuhen, der eine Meldung von einer Stadt zur anderen bringt."

Yum schwieg und starrte die Treppe hinunter auf den großen Platz. Paolo Suter räusperte sich:

„Woher will dieser Knabe das alles wissen?"

Peter blickte geradewegs in die Augen seines Landsmannes und antwortete auf Schweizerdeutsch:

„Er hätt vor 600 Johr under de Maya gläbt. Sisch wohr, sie chöänd mers glaube!" (Er hat vor 600 Jahren unter den Maya gelebt. Es ist wahr, sie können es mir glauben!)

Paolo Suter zog die Augenbrauen zu schmalen Schlitzen zusammen, schien aber nicht besonders überrascht. Offenbar kannte er mehr Geheimnisse der alten Maya, als er zugab. Er lächelte nur milde und bemerkte:

„Die Welt ist voller Wunder. Und wenn Sie mir versichern, der Knabe komme aus der Vergangenheit, so reicht mir das." Dann wandte er sich direkt an die beiden Burschen:

„Wir wissen nicht, wozu dieses mehrstöckige Gebäude, das wir <el Palacio> nennen, einst diente. Die Fachleute rätseln zwischen einem Nonnenkloster, einem Herrscherpalast oder Priesterwohnungen. Wißt ihr, was es war?"

Yum und Xixli schauten sich an. Wieder übernahm Yum die Antwort:

„Dieser Ort, den ihr heute Palenque nennt, hieß zu unserer Zeit <Jokpaklikan>. Das bedeutet übersetzt <Ort der reinen Schule>. Weder ich noch Xixli sind je hier gewesen, dazu waren wir zu jung. Man hat uns in der Priesterschule über diesen Ort berichtet, hier wurden ursprünglich auch die acht Jünglinge unterwiesen, welche damals mit Kukulkan weggeflogen und wieder zurückgekehrt waren. Nämlich Chilam-Balam, Xupan, Nautat, Chimalpopoca, Chumayel, Balamquitze, Balamacab und Mahucutah. Das große Gebäude hier muß die Schule gewesen sein. Im unteren Stockwerk erhielten die Schüler Unterricht über das Verhalten untereinander und über die Geschichte unseres Volkes. Im ersten Stockwerk wurde der Aufbau der Natur und die Religion gelehrt, und im zweiten Stockwerk die Himmelskunde, die Mathematik und der Kalender. So war es in jeder großen Schule."

„Ist ja toll!" spöttelte Paolo Suter. „Wozu brauchen wir noch wissenschaftliche Lehrmittel, wenn wir zwei Augenzeugen haben, die damals lebendig dabei waren?"

„Die beiden können u-n-s helfen", entgegnete Peter gelassen. „Der Wissenschaft werden sie wenig helfen, weil ihnen die Wissenschaft ihre Story nicht abnimmt."

„Eure Wissenschaft hat großartiges erreicht, das durften wir in dem kurzen Jahr erkennen, seit wir in eurer Welt sind", erwiderte Yum bescheiden. „Und ich denke, eure Wissenschaft wird die Augen vor den Tatsachen nicht abwenden können."

„Welchen Tatsachen?“ warf Paolo Suter dazwischen.

„Hier, in der Stadt, die ihr Palenque nennt, muß es eine steinerne Darstellung des fliegenden Gottes mitsamt seinem Fluggerät geben. Und darunter liegen Gegenstände, die Kukulkan und seine Freunde einst zurückließen. Ich weiß es aus der Priesterschule und aus den Bilderbüchern, die wir gemeinsam mit José Miguel betrachteten.“

„Ein fliegender Gott? Hier?!“ stieß Paolo Suter ungläubig hervor. „Wo soll der sein?“

„Unter der Pyramide links von uns“, antwortete Yum. „Ihr nennt sie <Tempel der Inschriften>. Zu meiner Zeit hieß sie <Kuschkula>, das bedeutet sinngemäß: Gegenstände der Götter.“

Paolo Suter schnaufte hörbar. Dann kramte er in seiner alten Ledertasche und legte einige Blätter auf die Stufen neben sich. Das Morgenwetter war angenehm, der Himmel leicht bewölkt, und seit die mexikanische Regierung die archäologische Zone vom Urwald befreit hatte, hielt sich die Moskitoplage in sehr bescheidenen Grenzen. Auch zeigten sich in den Morgenstunden nur sehr wenige Besucher. Die meisten Touristen wurden von Villahermosa herangekarrt und trafen erst nach 10 Uhr vormittags ein. Paolo Suter blickte zu Yum und Xixli, die nebeneinander auf der Treppe hockten, und die Beine nach unten baumeln ließen, dann wanderte sein Blick zu <el Profesor> und Peter:

„Ich weiß sehr genau, was sich dort unter der Pyramide befindet“, sprach er mit ernstem Gesicht. „Yum sagte, es sei ein <fliegender Gott in seinem Fluggerät>. Die Spezialisten für zentralamerikanische Archäologie sehen das ganz anders. Wollen wir jetzt hinunterkriechen oder möchten Sie zuerst erfahren, was die Wissenschaft dazu sagt?“

Fragend schaute Peter zu Helga. Die meinte mit einem Achselzucken:

„Die Reihenfolge ist mir eigentlich egal. Dennoch scheint es vernünftig, vorerst zu erfahren, was uns da unten erwartet.“

Paolo Suter runzelte die Stirne und blickte fragend zu José Miguel hinauf. Der saß eine Stiege höher als die andern und lächelte milde:

„Ich kenne die Lehrmeinung! Ich habe schließlich dauernd mit Archäologen zu tun. Ich kenne auch die Darstellung von Yum und Xixli, doch die beiden Burschen wissen zuwenig über die Lehrmeinung. Daher schlage ich vor, sie instruieren uns zuerst – und dann nehmen wir einen Augenschein und machen unsere eigene Meinung. De acuerdo?“ (Einverstanden?) Alle nickten. Paolo Suter blätterte in seinen Papieren und begann:

„Also, die Pyramide hier links von uns trägt den offiziellen Namen <Templo de las Inscripciones> (Tempel der Inschriften), weil an den oberen Wänden insgesamt 617 Hieroglyphen gefunden wurden. Der eigentliche Tempel, das kleine Bauwerk dort oben, thront auf der Pyramide, die ihrerseits aus neun aufeinandergetürmten Plattformen besteht. Die breite, steile Treppe, die vom Vorplatz dort unten zum eigentlichen Heiligtum hinaufführt, enthält 60 Stufen. Ausgegraben wurde die Pyramide vom mexikanischen Archäologen Dr. Alberto Ruz Lhullier. Der amtierte 1949 als Direktor des Nationalen Institutes für Archäologie.

Eines Abends bemerkte Dr. Ruz auf der obersten Plattform eine etwas erhöhte Fuge im Boden. Nachdem sauber gemacht worden war, erwies sich die Fuge als Teil eines Rechtecks. In diesem Rechteck entdeckte man zwölf Löcher, die in Zweierformation nebeneinander lagen. Dr. Ruz ließ Hebel heranschaffen und eine schwere Bodenplatte herauswuchten. Unter dieser Platte erkannten die Männer den Ansatz einer Stufe, die teilweise durch Schutt verdeckt war. Erregt und neugierig wurde der Schutt weggeräumt, und eine zweite Stufe kam zum Vorschein. Dann eine dritte ... vierte und so fort. Irgendwer hatte vor langer Zeit die Stiege ins Innere der Pyramide absichtlich zugeschüttet.

Die Arbeit wurde zur Qual, denn je tiefer die Ausgräber vordrangen, um so kompakter wurde der Schutt und um so schwerer die Steinbrocken. Zudem stand den Ausgräbern nur stinkiges Petroleumlicht zur Verfügung, das auch noch den knappen Sauerstoff auffraß. Bedenken Sie: Die Männer mußten Stein um Stein aus dem engen Schacht herausschleppen, jeder Kübel mit Schutt mußte einzeln hochgehievt und ins Freie getragen werden.

Am Ende des Jahres 1949 waren 23 Stufen freigelegt, Dr. Ruz war überzeugt, die Arbeiten im kommenden Jahr beenden zu können. Er vermutete, die Treppe führe entweder ins Innere der Pyramide, oder sie sei Teil eines geheimen Verbindungsganges zu einem anderen Bauwerk. Im Jahre 1950 schaffte der Ausgräbertrupp die fünfundvierzigste Stufe. Man hatte endlich elektrisches Licht herangeschafft, der Strom stammte von einem Dieselmotor, der mit einem Dynamo gekoppelt war. Bei der fünfundvierzigsten Stufe hörte die Stiege auf, der Boden war plötzlich eben. Im darauffolgenden Jahr entdeckten die Männer ein rechteckiges Loch in der Wand. Es erwies sich als Ventilationsschacht, der mitten durch eine acht Meter dicke Mauer zur Westseite der Pyramide verlief. Bei frischerer Luft buddelten die Ausgräber weitere 21 Stufen tiefer. Vor der 66. Stufe tat sich ein schmaler, ebener Korridor auf. Wieder war ein Grabungsjahr zu Ende. Diesmal war Dr. Ruz überzeugt, in der nächsten Runde ans Ziel zu gelangen, denn man befand sich bereits an der Basis der Pyramide.

Doch die Sisyphusarbeit war noch nicht beendet. Auf dem Weg in die Tiefe stießen die Männer auf einen Tonbehälter mit Schmuckstücken, und schließlich sogar auf einen Sarkophag mit den Skeletten von fünf männlichen und einer weiblichen Toten. Endlich, am 15. Juni 1952 stand Dr. Ruz mit seiner Mannschaft vor einer Art dreieckiger Türe. Mühsam wurde sie eine Handbreit zurückgewuchtet und eine elektrische Leuchte in den Spalt geschoben. Dr. Ruz preßte sein Gesicht auf die feuchte Platte und schilderte den hinter ihm stehenden Männern, was er Unglaubliches sah. Ich lese es Ihnen vor:

<Ich blickte in eine Art von Eisgrotte, deren Wände und Decke mir vorkamen wie perfekte Flächen, von deren Decke

ganze Vorhänge von Stalaktiten (= Tropfsteinen) hingen, als ob es dicke, tropfende Kerzen wären. Und der Boden glitzerte wie Schneekristalle.>

Die Türe wurde aufgebrochen und – weil die Männer sich in dem Raum nicht bewegen konnten – alle Tropfsteine von der Decke geschlagen. Jetzt standen die Ausgräber in einem unterirdischen Raum von neun Metern Länge, vier Metern Breite und sieben Metern Höhe. Der ganze Raum lag zwei Meter *unter* der Basis der Pyramide. Der größte Teil des Bodens wurde von einem mächtigen Monolithen eingenommen, einem einzigen Steinblock also, 3,80 Meter lang, 2,20 Meter breit und 23 Zentimeter dick. Der Block wiegt schätzungsweise neun Tonnen. Exakt auf diesem Block ist die Darstellung reliefiert, welche Yum vorhin als <Gott mitsamt seinem Fluggerät> bezeichnete."

Peter hob den Finger: „Darf ich unterbrechen?"

„Sicher!" antwortete Paolo Suter. „Fragen Sie, soviel Sie möchten!"

„Was lag denn *unter* dieser schweren Bodenplatte?"

„Ein Sarkophag von 20 Tonnen Gewicht! Darin die Gebeine eines Mannes. Bei dem Skelett wurden Schmuckstücke aus Jade gefunden, eine Perlenkette und Ohrringe mit eingravierten Maya-Glyphen (= Schriftzeichen). Dazu eine sehr schöne, mehrfarbige Gesichtsmaske. Alle diese Fundstücke sind heute im Anthropologischen Museum von Mexiko City zu bestaunen."

„Und der Sarkophag und diese schwere Platte", warf Helga dazwischen, „liegen die auch im Museum?"

„Nein", entgegnete Paolo Suter lächelnd. „Die befinden sich immer noch dort unten, Sie werden sie gleich sehen. Sarkophag und Platte sind zu groß, als daß man sie die enge Treppe hinauftransportieren könnte. Sie werden wohl ewig dort unten bleiben."

„Das bedeutet", bemerkte Peter etwas sarkastisch, „daß die Maya *zuerst* die Gruft dort unten anlegten, und *erst später* die Pyramide darüber bauten. Sie hätten schließlich die riesige

Platte auch nicht die engen Stiegen hinunter bugsieren können. Und was zeigen die Reliefs auf dieser Platte?"

„Dr. Ruz persönlich meinte, die Reliefs zeigten einen jungen Mann, der auf einer großen Maske des Erd-Monstrums sitze. Über seinem Körper stehe ein Kreuz, wie wir es auch in anderen Tempeln von Palenque, beispielsweise im <Tempel des Kreuzes>, finden. Schließlich erkannte Dr. Ruz den Quetzalvogel und die Maske des Regengottes. Dazu diverse Schriftzeichen mit Namen und Datierungen. Dr. Ruz sah in der gesamten Darstellung fundamentale Szenen der Maya-Religion."

José Miguel kicherte leise vor sich hin. „Die Auffassung von Dr. Ruz in allen Ehren! Er war ein sehr gebildeter und hochanständiger Mann, und gilt hier in Mexiko noch über seinen Tod hinaus als eine Art <Papst> der Maya-Forschung. Ich kenne viele Archäologen aus Europa, die mich wegen meines Sprachstudiums besuchen. Soll ich euch mal sagen, was d-i-e in der Reliefdarstellung erkennen?"

„Bitte! Schieß los!" lachte Helga auffordernd.

„Also, der Franzose Monsieur Marcel Brion erkannte <das Porträt eines mit Schmuck behangenen Toten, das auf dem Gott der Erde ruht>. Der Luxemburger Pierre Ivanoff meinte, das Relief zeige <einen Mann, der in seiner aufschnellenden Haltung das entstehende Leben symbolisiere. Sein Gesicht erinnere an den Maisgott und könne deshalb die ewige Wiedergeburt der keimenden Natur> sein. Im Kreuz erkannte Pierre Ivanoff <einen Zeremonialstab mit dem viergeteilten Universum> und der Vogel <symbolisiere den Tod>. Wieder etwas anderes berichtete mir der Tscheche Miloslav Stingl. Er sah <die Figur eines jungen Mannes, mit dem keine konkrete Person, sondern die Menschengattung schlechthin gemeint sei. Aus seinem Körper wachse ein Kreuz, das den lebensspendenden Mais darstelle, denn aus den Maisblättern ringeln sich doppelköpfige Schlangen. Der Mensch schließlich ruhe auf dem Antlitz eines phantastischen Tieres, aus dessen Rachen spitze Stoßzähne herausragen>. Wollt ihr noch mehr solcher Ansichten?"

Yum und Xixli schüttelten verzweifelt die Köpfe. Stoßweise kam es aus Xixli hervor:

„Ich weiß nicht, ob ich lachen oder weinen soll. Haben denn eure Archäologen keine Augen im Kopf, oder waren unsere Steinmetze derart miserabel?"

Wieder zog Paolo Suter die Stirne in Falten:

„Was Senor José Miguel vorhin aufzählte, entspricht nicht der neuesten Lehrmeinung. Heute gehen die Fachleute davon aus, es handle sich bei der Darstellung um den Maisgott Yum Kox oder um Pacal, das war der letzte Maya-Fürst von Palenque. Und dieser Pacal stürze in ein <Erdungeheuer>. Der berühmte französische Maya-Spezialist Paul Rivet erkannte am Ende des Reliefs sogar die <stilisierten Barthaare des Wettergottes>."

„Heiliger Kukulkan!" schimpfte Xixli in jugendlichem Zorn laut vor sich hin. „Was haben wir nur falsch gemacht? Wenn ich wieder in meine Zeit zurückkehren könnte, würde ich hinter jedem Kunstwerk, das unter meinen Händen entsteht, eine Beschriftung für zukünftige Archäologen anbringen! Verzeiht mir meine Ungeduld! Aber laßt uns hinunter klettern, damit ihr die Darstellung mit eigenen Augen seht ...!"

Als die kleine Gruppe keuchend die 60 Stufen der Pyramide zum <Tempel der Inschriften> hochkletterte, meinte Peter in einer Atempause:

„Xixli, in welcher Schrift würdest du denn deine Kunstwerke beschriften? In Maya-Schriftzeichen? Dann könnten sie unsere Archäologen nicht lesen! Und wenn du durch irgendeinen Hokuspokus *unsere heutigen* Schriftzeichen beherrschen würdest, dann müßten unsere Wissenschaftler annehmen, es handle sich um einen dummen Jux, denn schließlich beherrschten die Maya zu deiner Zeit unsere heutigen Schriftzeichen nicht. Verstanden?"

Xixli überlegte einige Sekunden, dann antwortete er niedergeschlagen:

„Du hast recht, Peter. Es ist alles so mühsam. Auch wenn unsere Darstellungen von der gegenwärtigen Welt mißverstanden werden, gibt es doch noch die Gegenstände von Kukulkan und seinen Gefährten! Einige dieser Gegenstände liegen exakt hier, unter unseren Füßen!"

Oben, auf der Plattform, ergab sich eine herrliche Aussicht auf den ausgegrabenen Teil von Palenque. Paolo Suter machte auf umliegende Hügel aufmerksam, unter denen zweifelsfrei weitere Bauwerke lagen, die bislang nicht ausgegraben wurden. Von der Plattform aus führte die steile Treppe im Innern der Pyramide nach unten, welche Dr. Ruz in mühseliger Arbeit freigelegt hatte. Die Luft im engen Treppenschacht war stickig und feucht wie in einem Treibhaus. Die schweißnassen T-Shirts klebten am Körper. Schwache, gelbe Glühlampen erleuchteten das Innere, doch Paolo hatte vorgesorgt. Er verteilte drei Taschenlampen, die er aus seinem Lederumhang klaubte. Endlich standen sie vor der Gruft unter dem Sockel der Pyramide. Ein Schutzgitter war angebracht, damit die Besucher die wertvolle Darstellung auf der Bodenplatte nicht zerstörten. Yum, Xixli und Peter preßten ihre Gesichter an das Gitter, Helga, José Miguel und Paolo Suter leuchteten mit ihren Taschenlampen die Reliefdarstellung an. Es war still, man vernahm nur das Keuchen der Menschen. Peter bemerkte, daß Xixli Tränen in den Augen hatte. Yum schluckte leer und klammerte sich ergriffen an die Gitterstäbe. Dann sagte er in die Stille hinein:

„Was siehst du, Peter?"

„Ich sehe direkt vor mir etwas wie einen Auspuff, aus dem Feuer, Gase oder meinetwegen heiße Luft entströmen. Dann kommt eine Art Schlitten oder Kapsel, und mitten darin sitzt eine menschliche Gestalt. Sie ist vornübergeneigt und bedient mit beiden Händen irgendwelche Geräte. Das Bild erinnert mich an einen Motorradfahrer. Die Figur hat nackte Füße, und der linke Fers liegt auf einem Raster mit drei Abstufungen. Schließlich erkenne ich noch einen Schlauch, der vor der Nase liegt, und weiter vorne ganz schwach einen breiten Hauptbalken. Das muß wohl das <Lebenskreuz> oder der <stilisierte Maiskolbe> sein, von dem die Archäologen sprachen. Ja – und dann sehe ich natürlich rings um die Platte viele Maya-Schriftzeichen. Kannst du die Schriftzeichen lesen, Xixli?"

„Nein, ich habe nie schreiben gelernt. Ich befand mich in der Ausbildung zum Steinmetz."

„Und du, Yum – kennst du die Schriftzeichen?"

„Nur die Zahlen, Kalenderangaben und Familienzeichen. Uns Novizen wurde die Schrift nicht beigebracht, man lernte sie erst in der oberen Priesterschule. Aber das Wenige, was ich sehe reicht, um zu erkennen, daß eure archäologischen Erklärungen völlig danebengehen."

Hier mischte sich Paolo Suter ins flüsternd vorgetragene Gespräch:

„Am Rande der Platte sind Datumzeichen eingraviert, die sich auf den letzten Herrscher von Palenque, eben: auf diesen Fürst Pacal, beziehen müssen. Pacal regierte bis ins hohe Alter von 70 Jahren, er starb 683 nach Christus. Die letzte Jahreszahl, welche hier eingraviert ist, ergibt das Jahr 633 unserer Zeitrechnung. Damit wissen wir, wann dieses Relief entstand."

Yum drehte sich langsam zu Paolo Suter, der mit seiner Taschenlampe direkt hinter ihm stand. Dann bat er ihn um die Lampe:

„Sehen Sie das Datum dort?" Der Lichtkegel beleuchtete eine Glyphe mit Strichen, Punkten und Ovalen. „Es ist die Zahl 3747. Weil die Maya-Kalenderzählung, wenn man sie auf eure Zeitrechnung überträgt, im Jahre 3114 vor Christus begann, haben eure Fachleute einen Fehler gemacht. Sie zählten die Jahre 3114 vor Christus bis zum Jahre Null, eben: 3114 Jahre. Da die Glyphe aber die Zahl 3747 zeigt, fehlten noch Zahlen, welche in die *nach*christliche Zeit übertragen wurden. Es fehlten 633 Jahre! So kamen eure Wissenschaftler auf das Datum 633 nach Christus. In Wirklichkeit ist euer Datum völlig verkehrt, weil alle Zahlen unserer Vorfahren immer nur Zyklen angaben! Das Zeichen für den entsprechenden Zyklus finden Sie hier, gleich links des Plattenrandes. Es ist das Zeichen <Baktun>, und darüber erkennen Sie einen Strich mit zwei Punkten, das bedeutet die Zahl <7>. Alles zusammen lautet <7 Baktun>, und das allein entspricht schon 1.000.800 Tagen oder 2762 Jahre zu 365 Tagen!"

„Ich verstehe kein Wort", unterbrach Peter und Helga stimmte heftig bei. „Kannst du uns das nicht später erklären?"

„Will ich gerne tun", lächelte Yum vielsagend, „denn unser Zahlensystem ist leicht zu begreifen. Nur eine Bemerkung müsst ihr mir noch gestatten. Paolo Suter sagte, Pacal, der letzte Fürst von Palenque, sei 683 nach Christus gestorben. Gleichzeitig bekräftigte er aber auch, auf dieser Platte tauche als letztes Datum die Zahl 633 vor Christus auf. Richtig?"

Zustimmend nickte Paolo Suter.

„Wie soll hier Pacal begraben liegen oder irgend etwas über sein Leben eingraviert sein, wenn die letzte Zahl das Jahr 633 nach Christus angibt? Begreift ihr denn nicht? 633 liegt schließlich volle 50 Jahre v-o-r dem Tod von Pacal. Unsere Priester und Steinmetze konnten schließlich nicht 50 Jahre v-o-r dem Tod ihres damals sehr jugendlichen Fürsten wissen, was der edle Herr noch alles erlebe und wann er in die Gruft steige!"

Paolo Suter blickte etwas verstört auf Yum. José Miguel begann wieder zu kichern und Peter kaute an den Fingernägeln. Das tat er selten und nur, wenn ihn ein Problem sehr ernsthaft beschäftigte. Yum, der die Initiative an sich gerissen hatte, fragte:

„Wie kommt man tiefer in den Raum unter dem Sarkophag?"

„T-i-e-f-e-r?" echote Paolo Suter verständnislos. „Hier geht es nicht mehr tiefer. Wir haben den tiefsten Punkt unter der Pyramide erreicht."

„Ihr meint, hier ist fertig? Eure Archäologen hätten nicht über diesen Punkt hinausgegraben?"

„Warum sollten sie? Sie hatten den Sarkophag gefunden. Weiter ging es nicht!"

Götter tragen ein Kästchen vor der Brust. Eine Tastatur wird bedient (Copan, Honduras).

Yum hatte Mühe, seine Wut und Enttäuschung zu verbergen. Xixli preßte eine Faust auf seine Lippen.

„Das Skelett, das ihr hier gefunden habt, gehörte doch nur dem Wächter, dem Priester also, der die Gegenstände von Kukulkan und seinen Gefährten bewachte! Ist denn das so schwer zu verstehen? Nachdem unsere Vorfahren beschlossen hatten, die von Kukulkan zurückgelassenen Gegenstände zeitlos zu verschließen, bestimmten sie einen Priester zum Wächter der heiligen Gegenstände. Sie waren überzeugt, Kukulkan und seine Gefährten würden einst wiederkommen und dann auch ihre hier deponierten Geräte benötigen. Auch waren sie des Glaubens, Kukulkan könne jeden Toten wieder lebendig machen. Deshalb sollte ein Priester die Kammer mit den Gegenständen bewachen. Dieser Auserwählte hatte keine Angst vor dem Tod. Man legte seinen Leichnam in den Sarkophag, schmückte ihn und schob den Deckel darauf. Das besorgten die fünf Männer und die Frau, deren Skelette eure Archäologen weiter oben fanden. Schließlich wurden die Kammern zugeschüttet. Niemand sollte an Kukulkans Geräte herankommen – außer er selbst. Erst viel später bauten die Maya ihre Pyramide über die uralte Kammer, und nochmals später wurde auch der Zugang in der Pyramide, der zur unterirdischen Anlage führte, dicht gemacht. Was hier vor uns liegt, war nicht der Arbeitsgang *einer* Generation. Hier liegen die Schichten von Jahrhunderten!"

Yum schwieg. Dann streckte er plötzlich seine Arme durch das Gitter, drehte die Handflächen nach unten und spreizte die Finger. Sein Körper begann zu vibrieren, aus seiner Kehle drangen seltsam melancholische Laute. Der etwas unter ihm stehende Xixli kniete langsam nieder, senkte das Haupt und kreuzte seine Arme über der Brust. Gleichzeitig schwoll Yums Gesang an und erfüllte den unterirdischen Raum mit melodiösen Schwingungen. Die anderen Teilnehmer der Gruppe wußten nicht, wie sie sich verhalten sollten, bis José Miguel ebenfalls niederkniete, die Hände über der Brust kreuzte und den Kopf senkte. Peter folgte dem eigenartigen Tun und dann Helga. Da nahm auch Paolo Suter seine dicke Hornbrille von der Nase, legte sie bedächtig auf den Steinboden und kniete zögernd nieder. Auch er senkte das Haupt, kreuzte die Arme vor der Brust und lauschte den traurigen Halbtönen aus Yums Kehle. Die Melodie wurde laut, echote von den schrägen Deckenwänden, dann wieder verkümmerte sie zu einem zarten Wimmern. Plötzlich schien es den andächtig Lauschenden, als hörten sie ein fremdes, leises <Kling> in einem scherbelnden Laut. Yum hub von neuem an, seine Brust füllte sich mit der heißen, stickigen Luft, Schweiß lief über seinen gesamten Körper. Die schwarzen Haare verklebten seine Augen, seine Stirne, wieder vibrierte sein Körper, während die ausgestreckten Handflächen immer noch unbeweglich über der Bodenplatte schwebten. Dann versank die Stimme erneut ins leise Wimmern, es hörte sich an wie das traurigste Gejaule einer sterbenden Katze. Und plötzlich, wie vorhin, vernahmen alle den leisen, scherbelnden Ton <kling>. Indessen sank Xixlis Oberkörper immer tiefer, seine Schultern, dann seine Stirne, berührten die glitschige Steinplatte. Endlich, es mochten zehn Minuten verstrichen sein, erscholl aus Yums Mund ein langgezogenes, eintöniges <Uuuuuuu>, das mit der aus der Lunge gepreßten Luft rasch leiser wurde. Dann war der Spuk vorüber. Langsam drehte Yum seine Handflächen nach oben, zog die Arme aus dem Gitter zurück. Geradezu zärtlich berührte er Xixlis Hinterkopf und bedeutete ihm aufzustehen. Ohne ein Wort zu sprechen, schritt Yum die Treppenstufen hoch, hinter ihm Xixli, und dann der Rest der Gruppe. Oben, im grellen Tageslicht, setzte sich Yum auf die oberste Stufe der Pyramide. Xixli hockte sich neben ihn. Nach und nach kamen die verschwitzten Gesichter der anderen aus dem dunklen Loch.

Peter setzte sich auf die linke Seite von Yum. Nach einigen Schweigeminuten fragte er:

„Was war das? Dürfen wir es wissen?"

Yum blickte ihm ruhig in die Augen:

„Du bist unser Freund, du hast uns das Leben gerettet. Also wisse: Die Gegenstände von Kukulkan und seinen Gefährten sind immer noch unversehrt in der Kammer dort unten. Wenn die Zeit reif ist, werden eure Wissenschaftler sie finden. Dann werden sie endgültig wissen, daß Kukulkan von den Sternen kam und die Menschen unterwies."

„Hm ... und woher weißt d-u das?"

„Weil ich die Antwort der Schwingung bekommen habe!"

„Meinst du diesen blechern klingenden Ton, den ich auch vernahm? Vielleicht war's nur irgendein Echo aus einem verborgenen Schacht?"

Wieder blickte Yum in Peters Augen. Es schien, als ginge der Blick durch Peter hindurch:

„Was man weiß, braucht keines Beweises. Ihr habt eure Religion, und auch die Religion muß man nicht beweisen. Sowie die Religion eines Beweises bedarf, ist es keine Religion mehr. Ich weiß, daß Kukulkans Gegenstände immer noch dort unten liegen. Etwa sechs Meter unter dem Boden des Sarkophages – dies für den Fall, daß du mal nachgraben möchtest!"

Da meldete sich Paolo Suter zu Wort:

„Der Junge gefällt mir, egal, woher er kommt. Und was die Datierungen zur Kammer unter der Pyramide betreffen, hatte ich schon immer meine Zweifel an der offiziellen Lehrmeinung."

„Weshalb?" unterbrach Helga.

„Wegen den Tropfsteinen, die bei der Entdeckung von der Decke hingen. Ich komme ja ursprünglich aus der Schweiz, und dort gibt es verschiedene Tropfsteinhöhlen. Insbesondere in kalkreichen Gebieten. Nun müssen Sie bedenken, daß die Krypta unter der Pyramide insgesamt sieben Meter hoch reicht. Solange die Pyramide darüber in Betrieb war, solange also die Maya hier ansässig waren und Priester ihre Rituale durchführten, solange müßte der unterirdische Raum eigentlich wasserdicht gewesen sein. Schließlich pflegten die Maya ihre Zeremonialbauten. Sie ließen nicht zu, daß Wasser die wertvollen und farbenprächtigen Darstellungen kaputt machte, ließen nicht zu, daß Risse die Pyramidenhaut zerstörten und sich Dschungelpflanzen in den Gebäuden einnisteten. Der Zerfall begann erst Jahrhunderte *nachdem* die Maya Palenque verlassen hatten. Die kurze Zeitspanne bis zur Entdeckung durch Dr. Ruz reicht aber nicht, um sieben Meter lange Tropfsteine zu bilden. Also muß die Tropfsteinbildung viel früher begonnen haben."

„Das klingt einleuchtend", brummte Peter vor sich hin. „Ich habe nur keine Ahnung, wie schnell Tropfsteine unter den hiesigen Voraussetzungen wachsen."

„Laßt uns weitergehen!" baten Xixli und Yum. „Hier gibt es noch derart viele Skulpturen aus unserer alten Heimat."

Der Reihe nach erkletterte die Gruppe die verschiedenen Pyramiden, die heute allesamt seltsame Namen wie *Tempel des Kreuzes, Tempel des Blattkreuzes* oder *Tempel der Sonne* tragen. Die Namen sind Erfindungen unserer Zeit. Und überall entdeckte Yum Datumsangaben, die mit der heutigen Lehrmeinung unter keinen Hut paßten. Übersetzt auf unseren Kalender fand Yum im *Tempel des Blattkreuzes* das Datum 2320 v.Chr., im *Tempel der Sonne* das Datum 2359 v.Chr., und im *Tempel des Kreuzes* sogar das Datum 3114 v.Chr. Dies war das Null-Datum des Mayakalenders. Um 3114 v.Chr. hatten die Maya mit ihrer Zählung begonnen.

Am Abend, bei einem kühlen Getränk im Hotel, begann Helga, die den ganzen Tag eher ruhig gewesen war, Yum mit Fragen zu überhäufen. Der antwortete stets mit einem feinen Lächeln um die Mundwinkel, manchmal auch sagte er bescheiden: „Ich weiß es nicht, dazu bin ich noch zu jung."

„Aber Yum", drängte Helga aufmüpfig, „du willst doch nicht allen Ernstes behaupten, die Ruinen da draußen seien über 5000 Jahre alt! Nämlich 3114 vor Christus, als euer Kalender begann, und noch die knapp 2000 Jahre der christlichen Zeitrechnung dazugerechnet! Zu dieser Zeit standen nicht mal die Pyramiden in Ägypten!"

Yum ließ sich nicht aus der Fassung bringen:

„Im Tempel des Kreuzes ist das Datum 3114 vor Christus markiert. Das bedeutet nicht, daß der Tempel damals erstellt wurde, er kann viel später errichtet worden sein. Zudem – Xixli wird es bezeugen – haben wir Mayaleute unsere Tempel ständig erneuert. Da blieb nichts verlottert, nichts ging auf Dauer kaputt. Macht ihr das nicht ähnlich mit euren christlichen Kirchen? Laßt ihr eure alten Heiligtümer verkommen?"

Helga schwieg beschämt. Dennoch konnte sie sich mit den Zahlen und Daten nicht abfinden: „Du bist jung, inzwischen 14 Jahre, sagst du. Woher willst du als 14jähriger Knabe alle diese Daten im Kopf haben?"

Yum verlangte nach einem Blatt Papier. Obschon er kaum Spanisch schreiben konnte, gelang es ihm doch, Helga das Wesentliche des Maya-Zahlensystems beizubringen. Auf dem Blatt vor ihm entstanden Punkte und Striche:

„Ein Punkt steht für die <Eins>, zwei Punkte für die <Zwei>. Anstelle von fünf Punkten für die Zahl <5> machten wir einen Querstrich. Die <Sechs> wiederum bedeutet ein Querstrich mit einem Punkt darüber, die <Sieben> ein Querstrich mit zwei Punkten. Was glaubst du, wie wir die Zahl <10> schreiben?"

„Zweimal die Fünf, also zwei Querstriche!"
„Und die Vierzehn?"
„Zwei Querstriche und vier Punkte darüber!"
„Wunderbar!" lachte Yum, „du begreifst sehr schnell. Und wie würden wir die Neunzehn schreiben?"
„Vermutlich mit drei Querstrichen für 3 x 5, und vier Punkten darüber!"
„Exakt! Du hast eine rasche Auffassungsgabe!" Yum kritzelte Striche und Punkte auf das Blatt. „José Miguel hat uns erklärt, wie ihr im Dezimalsystem rechnet, abgeleitet von den zehn Fingern. Bei uns war das anders. Wir rechneten im Zwanzigersystem. Dabei schrieben wir unsere Zahlenkolonnen in senkrechten Säulen von unten nach oben. Und jede Stufe bedeutete eine höhere Zwanzigerpotenz. Peter, kannst du das bitte aufschreiben?"
Yum diktierte Zahlenwerte, und durch Peters Hand entstand von unten nach oben eine Zahlensäule:
64000000
3200000
160000
8000
400
20
1
„Ihr habt verstanden", fuhr Yum in seinem Kursus fort, „wie wir die Zahl <19> geschrieben haben: Drei Striche und vier Punkte. Und die Zahl <20>? Wir hatten ein spezielles Zeichen für die <Null>, es sieht so aus." Yum formte eine kleine Ellipse mit drei senkrechten Strichen. Wenn wir <20> schrieben, markierten wir in der untersten Kolonne das Zeichen <Null> für <null Einer>. In der darüber liegenden Kolonne hingegen das Zeichen <Eins> für <ein Zwanziger>, denn jede höhere Kolonne entsprach ja einer Zwanzigerpotenz mehr. Hier einige Beispiele!"
Yum kraxelte Zahlentürme auf sein Blatt und die Runde bemühte sich, sie rasch zu entziffern. Das System war ein-

fach. Yum erklärte, neben diesen Zahlenwerten habe es im Kalender feste Begriffe gegeben, welche ihrerseits ganz bestimmte Zahlengrößen umfaßten. So entsprach:

1 Tun = 360 Tage
1 Katun = 7.200 Tage (= 20 Tun)
1 Baktun = 144.000 Tage (= 20 Katun)
1 Pictun = 2.880.000 Tage (= 20 Baktun)
1 Calabtun = 57.600.000 Tage (= 20 Pictun)

„Um Gottes Willen, hör auf!“ rief Helga. „Ich komme ganz durcheinander! Ihr müßt ja wahre Genies in der Mathematik und im Kalender gewesen sein!“

Sachlich und ohne Emotionen erläuterte Yum, er kenne sozusagen nur das kleine Einmaleins seiner Stammesbrüder. Die oberen Priester hätten mit viel größeren Zahlenwerten gerechnet. Er wisse, daß ein <Kinchiltun> 3.200.000 Tun entspreche, und ein <Alautun> sogar 64.000.000 Tun. Aufgeregt begann Peter nachzurechnen:

„Dann entspräche so ein <Alautun> vollen 23.040.000.000 Tagen oder – du meine Güte! – rund 64 Millionen Jahren! Wozu um alles in der Welt haben deine Priester mit derartigen Zahlengrößen gerechnet?“

„Ich weiß es nicht“, antwortete Yum und senkte den Kopf. „Doch habe ich von meinem Vater gehört, die Zahlen stammten ursprünglich von Kukulkan und seinen Gefährten. Alle hohen Zahlen haben etwas mit dem Universum und der Zeit zu tun.“

Hier hakte José Miguel ein. Mit einem bezeichnenden Blick dozierte er:

„Die Maya konnten jedes Datum ihrer Chronologie mit unglaublicher Präzision bestimmen. Der Archäologe Dr. Rafael Girard, der sein Leben der Maya-Forschung widmete und mich einst in meiner armseligen Behausung besuchte, sagte mir, die Maya seien in puncto Mathematik und Kalenderwissenschaften sämtlichen alten Völkern, auch den Ägyptern, überlegen gewesen!“

„Wahnsinn!“ flüsterte Paolo Suter ehrfürchtig. Dann wandte er sich zu Xixli:

„Du bist so schweigsam, Junge. Was plagt dich?"
„Ich bin traurig über den Verlust unserer Heimat. Ich denke immer wieder an meine Eltern und Freunde und frage mich, ob es denn keine Möglichkeit gebe, wieder in unsere Zeit zurückzukehren. Ach ja, und die großen Zahlen, über die Yum eben berichtete, habe ich zum ersten Male gehört. Ich habe nur Steinmetz gelernt und war mitten in der Ausbildung, als wir geopfert wurden."
Paolo Suter zog die Augenbrauen wieder zu schmalen Schlitzen zusammen. Er bat Peter um eine Erklärung und der schilderte das Schicksal der beiden Burschen.
„Und wenn die beiden jetzt denselben Gang wieder zurückschwimmen?" fragte Paolo Suter gedehnt, „werden sie dann wieder in ihrer Zeit landen?"
„Das glaube ich nicht", bemerkte José Miguel. „Sie werden ganz einfach im Opferteich wieder herauskommen – aber in *unserer* Zeit! Zudem haben wir keine intakten gelben Röhrchen mehr. Wie sollen die Burschen vier Minuten unter Wasser aushalten?"
„Das wäre zu lösen", erwiderte Peter. „Schließlich gibt es gute Taucherausrüstungen!"
„Aber nicht in Chichen Itza! Dort taucht keiner!"
„Wie wär's mit Cancun? Das ist ein Badeort und dort wird getaucht." Insgeheim fragte sich Peter, ob dies der richtige Weg für Yum und Xixli war. Sie hatten sich hier akklimatisiert, hatten eine Familie gefunden und hatten begonnen, mit den Errungenschaften unserer Zeit umzugehen. Selbst wenn eine Reise zurück in die Vergangenheit durch irgendein Wunder möglich wäre, was sollten Yum und Xixli ihren Stammesbrüdern erzählen? Sollten sie ihnen sagen, ihre wunderbare Kultur sei dem Untergang geweiht und würde in wenigen Jahrhunderten restlos vernichtet? Würde man ihnen überhaupt Glauben schenken, oder müßten sie vielleicht gar auf qualvolle Art sterben? Peter war dagegen, einen Tauchversuch zu wagen. Andererseits sollte man den Burschen wenigstens eine Chance geben, damit sie selbst erkannten, wie sinnlos jeder Versuch blieb.

Die Gruppe einigte sich, am andern Tag nach Villahermosa zurückzukehren. José Miguel sollte mit den beiden Burschen nach Cancun fliegen und versuchen, Xixli, den robusteren der beiden, zu einem kurzen Taucherkurs anzumelden. Peter und Helga wollten die Mayastädte Tikal und Copan besuchen. Tikal lag in Guatemala, Copan in Honduras. Dahin konnten Xixli und Yum nicht folgen, weil sie keine Reisepässe besaßen. Am 19. September sollte sich die ganze Gruppe – mit Ausnahme von Paolo Suter – wieder in Chichen Itza einfinden. Einen Tag später erwartete man Prof. Schaubli aus Zürich, und der 21. September war der Jahrestag für Xixli und Yum. An diesem Tag vor einem Jahr waren sie in unserer Gegenwart aufgetaucht.

Yum und Xixli rutschten aufgeregt auf ihren Stühlen:

„Peter, wenn du in Copan bist, wirst du in der großen Skulptur, die wir dir im Bilderbuch gezeigt haben, das Herz ... äh, die Antriebsenergie von Kukulkans Flugwagen finden! Unsere Priester durften nie mit den Händen daran, immer nur mit dicken Handschuhen! Und" – Yum sagte es mit ernster Stimme – „es ist sehr wichtig, daß wir uns alle am 19. September in Chichen Itza treffen. Denn am 21. September ist Herbstbeginn, das ist der Tag unserer Opferung, aber auch <der Tag des lebendigen Beweises>. Wir werden ihn euch zeigen. Er ist sehr schön!"

Der lebendige Beweis

Am 19. September traf sich die ganze Runde im selben Hotel von Chichen Itza, in welchem die Burschen vor einem Jahr gesundgepflegt worden waren. José Miguel, der nicht Autofahren konnte, hatte einen Fahrer mitgebracht, und der wiederum war Besitzer eines altersschwachen, halb verrosteten Wagens der Marke Ford. Die Kiste spuckte alle paar

Minuten Fehlzündungen und stank fürchterlich. Gleich nach der Begrüßung und dem allgemeinen <Halloo> zupfte Xixli Peter am Ärmel:

„Komm! Ich zeige dir etwas!"

Im durchlöcherten Kofferraum des Autos lag eine Taucherausrüstung. Vollständig mit einer Sauerstoffflasche, Schläuchen, Mundstück, Brille, Taucherflossen und sogar einem Helm mit einer kleinen Lampe an der Vorderseite.

„Kannst du denn damit umgehen?" erkundigte sich Peter.

„Ja!" versicherte Xixli stolz. „Ich war fünf Tage im Taucherlehrgang und bin auch allein bis unter die Klippen vor Cancun geschwommen. Es ist wunderbar unter Wasser!" fügte er begeistert und mit strahlenden Augen hinzu.

„Wie lange kannst du die Ausrüstung behalten?"

„Eine Woche!" antwortete Xixli. „Dann müssen wir sie wieder in der Tauchschule von Cancun abgeben – oder ich bin in der Zeit meiner Väter gelandet!"

Wie sollte das nur gutgehen? Fragte sich Peter. Wenn Xixli mit der Taucherausrüstung tatsächlich den unterirdischen Gang durchschwimmen konnte, und lebendig im Opferteich auftauchte, müßten sie ihn irgendwie mit Seilen heraufziehen. Denn an den unteren Rändern des Teiches gab es nichts zum Festhalten. Und wenn er *nicht* im Opferteich auftauchte? Woher sollten sie wissen, ob er in seiner Zeit gelandet war oder vielleicht nur im Schacht steckengeblieben war bis ihm der Sauerstoff ausging und er elendiglich ertrank? Peter zermarterte sich das Gehirn und war schon fast dabei, den Tauchversuch resolut zu verbieten, als ihn ein Gedanke durchzuckte. Vor einem Jahr, in der Dorfapotheke von Chichen Itza, als er die Medikamente für die Burschen besorgte, war ihm auf einem Gestell auch eine Rolle mit Fischerschnur aufgefallen. Der Apotheker handelte nicht nur mit Medikamenten, sondern mit Gebrauchsgegenständen aller Art. Peter wußte nicht einmal, ob man in Chichen Itza fischen konnte, ob es einen Bach oder kleinen See in der Nähe gab – aber er entsann sich, die Fischerschnur bemerkt zu haben. Das war's! Er würde an Xixlis Rücken die Fischerschnur befestigen. Die Distanz des unterirdischen Kanals ließ sich an der Oberfläche messen. Wenn Xixli bis zum Opferteich durchkam, mußte die Schnur über die gesamte Distanz abgespult sein. Und wenn er steckenblieb? Peter war klar, daß sie ihm in diesem Falle kaum helfen konnten. Es gab nur eine Taucherausrüstung ...

Der Apotheker erkannte Peter wieder und begrüßte ihn sehr herzlich. Fischerschnur? Oh ja, er habe drei Rollen davon! Die Einheimischen würden damit Pfosten und Zäune zusammenbinden. Peter kaufte den ganzen Vorrat. Im Hotel erklärte er den anderen sein Vorhaben. Dann maß er auf einem archäologischen Plan, den man im Souvenirladen des Hotels kaufen konnte, die Distanz vom Opferteich bis zur Pyramide des Kukulkan. Das war zwar viel zuviel, denn der eigentliche Kanal unter Wasser begann erst im rechteckigen Raum in der Tiefe, in welcher Peter vor einem Jahr die gelben Röhrchen entdeckt hatte. Doch doppelt genäht hielt besser. Der Himmel mochte wissen, ob das Grundwasser des Opferteiches heute höher lag als vor einem Jahr.

Inzwischen war José Miguel Arm in Arm mit Michael, dem Fremdenführer, an den Tisch getreten. Michael war es gewesen, der Peter vor einem Jahr zu <el Profesor> gebracht hatte. Die Gruppe steckte die Köpfe zusammen:

„Es ist unmöglich, heute Abend unbemerkt auf die Kukulkan-Pyramide zu klettern", verkündete Michael. „Es sind bis spät in die Nacht Arbeiter oben, welche Leitungen verlegen. Die Behörden wollen die Pyramide und die umliegenden Bauwerke elektrisch ausleuchten."

„Und morgen?"

„Da wird lokal gefeiert. Es ist der Tag vor dem Herbstbeginn."

„Dann verlegen wir den Tauchgang auf morgen abend!"

„Geht nicht!" widersprach Helga. Morgen ist Herr Professor Schaubli hier. Oder willst du den einweihen?" Sie blickte fragend zu Peter hinüber.

Da pustete José Miguel los: „Schaubli ... Schaubli! Der Professor <tssss ... tssss>! Der wird mitmachen und uns sogar den Rücken freihalten!"

„Du glaubst wohl an Wunder!" spottete Peter. „Schaubli wird mit den Fingern schnippen und uns verraten!"

„Wird er nicht und wißt ihr warum?" José Miguel bat die andern, ihre Köpfe zusammenzustecken. Dann flüsterte er gerade so laut, daß man es mit Mühe verstand:

„Schaubli hat zweimal echte, archäologische Kunstwerke aus dem Land geschmuggelt. Ich habe sie jeweils in meinem Haus versteckt, bis Schaubli in Ruhe abreisen konnte, äh, bis seine archäologischen Kollegen ihn verlassen hatten!"

„Dieser Gauner!" entfuhr es Helga.

„Er ist kein Gauner", besänftigte José Miguel die Runde. „Der Gauner müßte ich sein, denn ich habe ihm die Kunstwerke für teures Geld verkauft! Zudem ist Schaublis professorales Getue nur oberflächlich. Der Mann weiß viel mehr, als er nach außen durchblicken läßt."

Während der ganzen Diskussion hatte Yum immer wieder die Hände von Peter und Helga angestarrt. In einer Gesprächspause bat er beide, ob er seine Handflächen auf diejenigen von Peter und Helga legen dürfe.

„Aber sicher darfst du", lächelte Helga süß und hielt ihm die rechte Hand hin. „Willst du uns aus den Händen lesen?"

„Ja!"

Jetzt streckte auch Peter seine Hand zu Yum hinüber. Der fuhr mit seinen eigenen Handflächen über die Handflächen von Peter und Helga, ohne sie zu berühren. Yums Hände blieben stets einige Millimeter über den ausgestreckten Handflächen der andern. Schließlich schloß er die Augen und begann die herzzerreißende Melodie zu summen, welche die Gruppe bereits tief unter dem Tempel der Inschriften von Palenque gehört hatte. Peter überkam plötzlich das Gefühl, als strahle eine unregelmäßige Hitze aus Yums Handflächen. Helga fühlte dasselbe. Wieder hörte der Gesang mit einem leisen «uuuuu» auf, und Yum zog seine Handflächen zurück. Als er die Augen öffnete, sagte er:

„Es ist noch da. Ihr seid in der Nähe gewesen, aber ihr habt es nicht berührt!“

„W-a-s haben wir nicht berührt?“ erkundigte sich Helga verwirrt und fuhr sich mehrmals fahrig durch die verschwitzten Haarsträhnen.

„Das Herz, welches ihr <Energie> nennt.“

Verdattert blickten Peter und Helga auf ihre Handflächen. Wie war so etwas möglich? Sie waren beide in der Mayastadt Copan in Honduras gewesen, hatten dort die Ruinen besichtigt und auf einem großen Platz auch die komische Skulptur gefunden, von der die Burschen behaupteten, es handle sich um das <Ein-Mann-Fluggerät> der Götter. Die Skulptur war auf einem kleinen Steinsockel gestanden, und war von einem anwesenden Archäologen als <anthropomorphe Darstellung> bezeichnet worden. Unter <anthropomorph> verstand man allgemein eine <menschenähnliche Gestaltung>. Nun, <menschenähnlich> war an der Skulptur wenig. Zum einen war nicht ersichtlich, was vorne und was hinten lag, denn an beiden <Enden> (oder <Anfängen>?) befand sich eine kleine, menschliche Büste mit Kopf. Vergleichbar einer Galionsfigur, wie sie Segelschiffe am Bug oder am Klüverbaum (= vorderster Mast, der über den Bug hinausragt) zu tragen pflegen. Dann waren auf beiden Seiten etwas wie stilisierte Röhren erkennbar gewesen, die in der Skulptur versanken. <Vorne> und <hinten> hatte Peter eigenartige Aufbauten bemerkt, auf der einen Seite vergleichbar einer Lenkstange, auf der anderen Seite einem hochgezogenen Sattel mit Rücklehne. Im Zentrum der Skulptur verlief ein Band von Maya-Schriftzeichen, und mitten darin hatte Peter tatsächlich eine Kugel bestaunt, die aus dem bräunlichen Stein herausragte. Die Kugel besaß etwa die Größe einer Bowlingkugel und hatte mattblau geschimmert. Sollte damit das <Herz> oder der <Antrieb> gemeint sein, von dem die Burschen redeten?

„Erinnerst du dich an den Arzt?“ platzte Helga in Peters Gedankengänge.

„Du meinst …? Jetzt geht mir ein Licht auf!“

Peter entsann sich, daß in unmittelbarer Nähe der <anthropomorphen Skulptur> eine knapp drei Meter hohe, steinerne Figur mit abgeschlagenem Gesicht gestanden hatte. Sie trug die Ellbogen angewinkelt, trug ein Kästchen vor der Brust und bediente mit beiden Händen eine Art von <Tastatur>. Auf der Höhe des Herzens war auch bei dieser Gestalt *dieselbe blaue Kugel* in den Stein gepflanzt worden, wie er sie im Zentrum der <anthropomorphen Skulptur> bestaunt hatte. Ein Ärzteehepaar aus den USA war darum herumgestanden, und im Hemd des Arztes hatte es dauernd <gepiepst>. Ja! Das mußte es sein! Der Arzt hatte nämlich erklärt, er sei Radiologe. Das sind die Ärzte, welche sich in den Spitälern mit Röntgen und Durchleuchtungen befassen. Wegen der gefährlichen Strahlung trage er berufsbedingt stets einen kleinen Dosimeter um den Hals. Er habe es sich angewöhnt, das Ding nicht mehr abzulegen, weil er immer wieder vergesse, es hinterher anzuziehen. Die Piepser unter seinem Hemd, so hatte der Radiologe lachend erläutert, stammten von seinem Meßgerät. Es müsse wohl defekt sein, denn es signalisiere eine erhöhte Strahlung! Peter und Helga hatten weder die blaue Kugel im Herzen der aufrecht stehenden Figur, noch jene in der <anthropomorphen Skulptur> angefaßt. Dazu hätten sie nämlich ein Seil übertreten müssen, das zum Schutze beider Skulpturen aufgespannt war.

„Ich ahne, was du meinst", wandte sich Peter an Yum. „Wir haben die komischen blauen Kugeln tatsächlich nicht berührt. Aber wie kamen die Dinger in die Skulpturen? Sie passen dorthin wie die Faust aufs Auge! Und woher weißt du, daß wir mit den Händen nicht darangegangen sind?"

„Meine Lehrer haben mir beigebracht, daß alles Schwingung ist. Jede Materie ist Schwingung, auch dein Körper, Peter. Sogar das ganze Universum ist Schwingung. Die grandiose Schöpfung selbst ist Schwingung, und wir und alles um uns herum sind Bestandteil dieser Schwingung. Ich bin nur ein Junge und nur ein Anfänger, unsere obersten Lehrer aber waren Meister. Sie vermochten die Schwingung wahrzunehmen und in Bilder zu verwandeln. Du und Helga seid vor der Skulptur gestanden. Für kurze Zeit ist eure Eigenschwingung gestört worden, weil die Schwingung der Energie aus den Skulpturen euch angegriffen hat. Vergleiche es mit dem Resonanzboden eines zarten Instrumentes, das durch eine stärkere Resonanz gestört wird. Das ist es, was ich in euren Händen gemessen habe. Die fremde Schwingung. Meine Vorfahren kannten die konzentrierte Schwingung von Kukulkans Fluggerät, wir nannten sie <das Herz>. Ihr sagt <Energie> dazu. Für den Meister ist sie ablesbar wie die Wellenlänge eines Radios. Er weiß, ob sie für den Körper gefährlich ist oder nicht. Nun rechneten aber meine Vorfahren fest mit Kukulkans Rückkehr, wie er es versprochen hatte. Die Vorfahren wußten zudem, daß Kukulkan jederzeit in der Lage war, seine eigene Schwingung oder Energie anzupeilen. Deshalb haben sie das Herz in die Skulpturen aus Stein verlegt. Kukulkan würde den Ort finden. Und damit die Menschen keinen Schaden nehmen, ist die Energie mit einem Kalksteinmantel überzogen, und ins Zentrum der Skulpturen verpflanzt worden. Heute sind die wunderbaren Darstellungen am Zerfallen, und <das Herz> blickt hervor."

Den Zuhörern wurde mulmig zumute. Es war ungeheuerlich, was dieser 14jährige Junge wußte. Nur José Miguel lächelte still vor sich hin, ehe er brummte:

„Er ist ein Wunderkind – nein, *beide* sind Wunderkinder. Ich hatte ein Jahr lang Gelegenheit, ihnen zuzuhören. Die Burschen verfügen über ein Sensorium, das wir vollkommen verloren haben." Dann, etwas beherzter: „Na! Wollen wir Xixli morgen tauchen lassen?"

Anderntags besuchten sie erneut die archäologische Zone von Chichen Itza. Jetzt, wo Yum und Xixli Spanisch beherrschten, war es eine Freude, ihnen zuzuhören. Xixli blieb vor jedem Relief stehen, fühlte mit den Händen daran und sagte den Umstehenden, wie alt die Darstellung war und was die Restauratoren falsch gemacht hatten. Yum erläuterte Daten und Priester, verknüpfte die leblosen Gestalten mit spannenden Geschichten. Nachmittags um drei Uhr standen sie vor dem Opferteich. José Miguel hatte einen Plan entworfen:

„Eine Stunde vor Schließung der archäologischen Zone klettern wir hinauf zur Kukulkan-Pyramide. Jeder trägt in seiner Umhängetasche einen Bestandteil von Xixlis Taucherausrüstung. Dazu die Taschenlampen und die Fischerschnüre. All dies verstecken wir auf der Stiege zur Jaguargrotte. Später, nachdem die Touristen weg sind, sollen Xixli, Yum und Peter hinunterklettern in den Gang bis zum Bassin, wo die Burschen vor einem Jahr auftauchten. Ihr helft Xixli beim Anziehen der Taucherausrüstung und befestigt die Fischerschnur an seinem Rücken. Professor Schaubli wird auf der Pyramidenspitze stehen und uns den Rücken freihalten. Da man ihn hier kennt und er Maya-Archäologe ist, darf er auch nach Schließung der Zone auf der Pyramide arbeiten ...“

„Wenn Schaubli nur mitmacht ...“, spöttelte Peter. „Der weiß noch gar nichts von seinem Glück!“

„Er wird mitmachen. Ich kenne ihn besser als du“, beharrte José Miguel. „Ich selbst werde ebenfalls bei Schaubli auf der Pyramide sein. Helga und Michael hingegen stehen am Rande des Opferteiches. In ihren Umhängetaschen sollen sich die beiden Seile befinden, die mein Freund mit dem alten Auto, der mich hergefahren hat, noch bringen wird. Sowie Xixli aus dem Wasser taucht, soll Michael so schnell er kann zum Rande des Platzes laufen und mir mit einem T-Shirt ein Zeichen geben. Schaubli und ich werden es auf der Pyramide sehen. Ich renne dann hinunter durch den Gang zum Bassin, wo Peter und Yum warten, und hole die beiden. Sie wissen dann, daß Xixli auf der anderen Seite gut angekommen ist. Wir alle gehen so schnell wir können zum Opferteich, und helfen Xixli aus der Brühe. Alles klar?“

„Bis auf eine bedeutsame Kleinigkeit“, bemerkte Peter mit ernster Stimme und zeigte auf Xixli: „Wenn du nach deinem Tauchgang im Teich herauskommst, darfst du unter gar keinen Umständen deine Sauerstoffmaske ausziehen! Das ist sehr wichtig, Xixli! Dort unten soll es giftige Gase geben.

Atme also weiter durch die Sauerstoffmaske, bis wir dich heraufgezogen haben!"

Xixli nickte. „Ich werde es nicht vergessen. Aber was geschieht, wenn ich *nicht* herauskomme?"

„Dann gibt es nur zwei Möglichkeiten", antwortete José Miguel mit ernstem Gesicht. „Entweder bist du wieder in der Vergangenheit gelandet – das merken wir, weil wir die Fischerschnur ohne deinen Körper zurückziehen. Oder du bist irgendwo im Stollen steckengeblieben – das merken wir auch, weil du nämlich auf der anderen Seite nicht auftauchst und die Fischerschnur dennoch angespannt bleibt. In diesem Falle atme so ruhig du kannst, damit du möglichst wenig Sauerstoff verbrauchst. Versuche umzudrehen. Ziehe dreimal kurz hintereinander an der Fischerschnur. Dies wird für Peter und Yum das Zeichen sein, daß du in Schwierigkeiten steckst. Wir werden versuchen, dir zu helfen, auch wenn ich keine Ahnung habe, wie. Vielleicht hat Schaubli eine Idee dazu."

Die Vorbereitungen zu dem gewagten Unternehmen liefen wie am Schnürchen. José Miguels Fahrer brachte die Seile, und der Rest der Mannschaft versteckte Xixlis Taucherausrüstung in der Treppe auf der Pyramidenspitze. Nur Professor Schaubli war noch nicht angereist. Als die Touristen gegen 17.00 Uhr aus der archäologischen Zone gepfiffen wurden, kochte es in Peter:

„Wir müssen es ohne Schaubli machen!"

Der Satz war noch nicht zu Ende gesprochen, als direkt vor dem Hotelportal ein knallgrüner Range-Rover vorfuhr. Am Steuer Professor Schaubli. Er trug – völlig unprofessoral – Blue Jeans, ein hellgraues, offenes Hemd mit Brusttaschen, und auf dem Kopf einen Strohhut. Die Autotüre knallte zu und der Professor steuerte geradewegs auf Peter los:

„Ach! Der Herr Doktor der Medizin hat Wort gehalten. Tssss ... tsss!" Schaubli grinste breit und gönnerhaft.

Schlagfertig gab Peter zurück: „Und der Herr Doktor der Archäologie hat auch Wort gehalten. Tsss ... tsss!"

Schaubli runzelte kurz die Augenbrauen, lachte dann und bemerkte José Miguel. „Was machen S-i-e denn hier, Don Miguel?"

Die prä-klassische Stele von Tikal (Guatemala) zeigt zwei angewinkelte Oberarme, die Hände mit Handschuhen versehen. In der Mitte läuft ein Schlauch in ein Kästchen. Die Füße zeigen Stiefel und Schläuche.

Die beiden umarmten sich. Dann führte José Miguel den Professor zu den beiden Burschen, die bescheiden beiseite gestanden hatten:

„Das ist Yum ... und das hier Xixli!"

Professor Schaubli wurde ganz still. Vor jedem Burschen blieb er etwa eine halbe Minute stehen und starrte sie an, ohne ein Wort hervorzubringen. Dann tat er einen Schritt auf Yum zu, streckte ihm die Handflächen entgegen und spreizte langsam die Finger. Dazu formulierte er Worte wie: „nautat cap ayel?"

Yum nickte leicht mit dem Kopf und vergrub seine Finger in den Zwischenräumen der Finger von Professor Schaubli. Es war dieselbe Zeremonie, die Peter bereits vor einem Jahr erlebt hatte. Nur waren es damals Yum und Xixli gewesen, welche diese Begrüßungsart mit <el Profesor> vollzogen hatten. Woher kannte Schaubli die Zeremonie? Während Peters Gedanken durcheinander wirbelten, wiederholte Professor Schaubli dasselbe Spiel mit Xixli. Dann trat er auf Peter zu und sagte sehr liebenswürdig:

„Bitte verzeihen Sie mir. Ich habe Ihnen unrecht getan!"

Verstört antwortete Peter: „Wie darf ich das verstehen?"

Freundlich und ohne jedes <tsss ... tsss>, ohne irgendwelche Arroganz im Unterton, entgegnete Schaubli: „Ich habe es die ganze Zeit gewußt. Seit der Untersuchung der Schürze!"

Peter blieb die Antwort im Halse stecken. Schließlich stotterte er: „W-a-s? Sie wu-wu-ßten Be-scheid über Yum und Xixli? Wußten Sie auch, woher die beiden kommen?"

„Ich vermutete es", antwortete Schaubli mit einem feinen Lächeln. „Zuerst habe ich es nur geahnt. Dann brachten Sie die Schürze, und zeigten mir später im Hause Ihrer Eltern die Bilder mit den 52 Stammeszeichen, die niemand aus unserer Gegenwart kennt. Und schließlich die Gespräche mit Herrn Professor van Keuten aus München. Er hatte mich nämlich angefragt wegen den gelben Röhrchen ... Sie wissen schon! Die letzte Gewißheit aber gaben mir soeben die beiden Burschen mit ihrem Gruß!"

„Und woher kennen S-i-e diese Grußformel?“ erkundigte sich Peter fast lauernd.

„Ganz einfach: von Diego de Landa!“

„Von w-e-m?“

Schaubli war nicht mehr wiederzuerkennen. Aus seinem Lächeln spürte man echte Zuneigung. Kameradschaftlich antwortete er:

„Diego de Landa war der Bischof, der im Jahre 1562 alle Maya-Handschriften verbrennen ließ. Unwissend und in christlichem Eifer hat er für die Maya-Forschung einen ungeheuren Schaden angerichtet. Einige Jahre später scheint es ihm leid getan zu haben, denn er notierte fleißig, was er von den Maya vernahm und bei ihnen beobachtete. Von seinen Aufzeichnungen kenne ich die alte Begrüßungsformel, die ich eben bei Yum und Xixli zum ersten Male in meinem Leben ausprobierte. Zufrieden?“

Peter nickte. Es wurmte ihn zwar, daß er sich von dem Archäologen derart gründlich hatte täuschen lassen. Andererseits verstand er Schaublis Motive. Der Typ wäre ein guter Schauspieler geworden. Inzwischen zog José Miguel Professor Schaubli zur Seite und weihte ihn ein. Schaubli nickte anerkennend:

„Dazu muß ich den Chefausgräber hier anrufen, ein alter Kollege von mir! Ich muß ihm klarmachen, daß ich heute abend mit einigen Mitarbeitern allein auf der Pyramide sein will. Am besten sage ich, wir wollten ungestört Zeichnungen anfertigen.“ Schaubli verschwand zum Telefon. Als er nach zehn Minuten wiederkam, zeigte er mit dem Daumen nach oben:

„Dann aber los! Es ist bereits halb sieben! Die Sonne spendet kein ewiges Licht!“

Bevor die Gruppe sich trennte, umarmte Helga den Xixli:

„Ich wünsche dir zwar, daß du munter in deiner Zeit wieder auftauchst, doch noch mehr wünsche ich mir deine gesunde Rückkehr in unsere Gegenwart. Ich habe dich sehr lieb!“

Schließlich schlenderten Helga und Michael zum Opferteich, in ihren Umhängetaschen die Seile. Der Rest der Gruppe begab sich zur archäologischen Zone. Beim Eingang wollte sie ein Wächter aufhalten, doch dann erkannte er Professor Schaubli und begrüßte ihn überschwenglich. Ohne weitere Störung erkletterten sie die Spitze der Kukulkan-Pyramide. Oben verabschiedeten sich Schaubli und José Miguel von Xixli. José Miguel kämpfte mit den Tränen:

„Du wirst uns sehr fehlen, und es geht mir wie Helga: Mir ist lieber, du tauchst gesund im Opferteich wieder auf – als daß dich ein Zeitloch verschlingt und wir nichts mehr hören von dir. Vaya con Dios! Chico! (Gehe mit Gott, Junge!).“

„Halt!“ rief Professor Schaubli laut und kramte in seiner Tasche. „Ich habe da eine Idee!“ Dann zauberte er ein Schweizer Taschenmesser hervor und übergab es Xixli:

„Solltest du tatsächlich in deiner Zeit ankommen, dann vergrabe dieses Messer dort – an der Ostseite der kleinen, abgeflachten Pyramide. Stecke es direkt an der Ecke einen guten Meter in den Boden.“

Auf Xixlis fragende Augen erklärte er:

„Das Messer ist rostfrei, zumindest Bestandteile davon werden die Jahrhunderte überdauern. Wenn du im Opferteich nicht wieder auftauchst und die Fischerschnur plötzlich nachgibt, müssen wir davon ausgehen, daß du in deiner Zeit gelandet bist. Dort vergräbst du das Messer. Ich muß dann nur noch an der Pyramidenecke graben und werde mein eigenes Messer wiederfinden. Um einige Jahrhunderte gealtert. Dies wird für uns der endgültige Beweis sein, daß du in deiner Zeit angekommen bist. Verstanden?“

Xixli nickte und José Miguel begann breit zu grinsen. „Vielleicht kannst du uns auf diese Weise gleich noch andere Botschaften übermitteln. Zum Beispiel Handschriften aus deiner Zeit, die nie in die Hände von Bischof Diego de Landa fallen und uns endlich eine Übersetzung ermöglichen!“

Peter drängte: „Kommt jetzt, sonst haben wir kein Tageslicht mehr, wenn Xixli im Opferteich auftaucht.“

Peter, Yum und Xixli behängten sich mit den Einzelteilen der Taucherausrüstung. Jeder zündete seine Taschenlampe an, dann verschwand einer nach dem andern in der dunklen Treppe, die zur Jaguarkammer führte. Sie verloren keine Zeit mehr. Von der Jaguarkammer aus watschelten sie weiter den unterirdischen Gang entlang, immer tiefer, bis sie im Raum mit dem Wasserbecken ankamen. Unterwegs kreisten Peters Gedanken ständig um die Idee mit dem Taschenmesser, welche Professor Schaubli vor dem Abstieg entwickelt hatte. Würde das funktionieren? Wenn Xixli in *seiner Zeit* ein Taschenmesser verstecken konnte, damit es in *unserer Zeit* wieder ausgegraben wurde, dann könnte er doch ebensogut andere Gegenstände der Erde anvertrauen? Handschriften – das war eine Möglichkeit – doch auch Schmuck oder sogar Briefe für Yum! Peter wurde ganz nervös. Es könnte doch sein, sagte er sich, daß Xixli in seiner Zeit eine Berühmtheit wurde. Schließlich kannte er den Oberpriester, Yums Vater, und dem konnte er berichten, wie es seinem Sohn in der Zukunft ging. Xixli könnte kleine Steinfiguren meißeln oder Kautschukmasken seines eigenen Gesichtes anfertigen, und die ebenfalls vergraben. Eine Art von «Fotografie» aus der Vergangenheit!

„Ich weiß, was dich beschäftigt", unterbrach Yum Peters Gedankenflut. „Es wird nicht funktionieren!"

„Weshalb nicht?" fragte Peter verstört.

„Wenn Xixli in der Vergangenheit Gegenstände vergraben hätte, damit wir sie heute finden, dann müßten diese Gegenstände seit Jahrhunderten im Boden liegen. Sie müßten sich *auch jetzt*, während wir hier sind, im Boden befinden. Nun kenne ich Xixlis Schwingung – ihr würdet sagen, seine Wellenlänge – sehr genau. Einige der vergrabenen Gegenstände hätten Xixlis Schwingung angenommen. Ich bin mehrmals an der kleinen Stufenpyramide gewesen, an welcher Xixli die Gegenstände einbuddeln soll. Ich hätte Xixlis Schwingung augenblicklich registriert. Da ist nichts!"

„Vielleicht hörte die Schwingung auf? Immerhin liegen einige Jahrhunderte dazwischen!" widersprach Peter. „Oder jemand fand die Gegenstände längst vor uns?"

„Das ist nicht auszuschließen“, murmelte Yum leise. „Aber *heute* liegen an der östlichen Pyramidenecke keine Gegenstände von Xixli.“

„Dann soll er sie tiefer vergraben!“ schimpfte Peter aufgeregt.

„Laß uns besser beginnen“, schüttelte Yum den Kopf. „Alles wird seinen Lauf nehmen.“

Unter Mithilfe von Yum und Peter schälte sich Xixli in die Taucherausrüstung. Dann befestigten sie die Fischerschnur an Xixlis Rücken. Schweigend umarmten sich Peter und Xixli. Yum hingegen blickte seinem Freund still in die Augen. Schließlich legte er seine Fingerspitzen auf Xixlis Schläfen und sagte nach einiger Zeit auf spanisch:

„Gehe jetzt. Und denke daran, im Opferteich deine Sauerstoffmaske nicht von der Nase zu ziehen!“

Die Situation war gespenstisch. Drei Taschenlampen blitzten unregelmäßig an die grauen, feuchten Steinwände. Peter legte sich auf den Bauch und ließ die Hände nach unten baumeln. Yum setzte sich auf Peters Unterschenkel, und Xixli hangelte sich langsam an dem menschlichen Gerüst nach unten. Dann hockte er sich auf den Beckenrand, zog die Taucherflossen über die Fersen und glitt ins Wasser. Schließlich stülpte er die Sauerstoffmaske, die Taucherbrille und den Helm über, winkte noch einmal und verschwand in der Tiefe. Einige Sekunden bemerkten Peter und Yum noch das Licht von Xixlis Helmscheinwerfer. Die Fischerschnur rollte rasch ab, Xixli mußte gut vorankommen. Zweimal stockte die Schnurrolle, dann wieder drehte sie sich wie ein kleines, schnelles Spinnrad. Plötzlich spulte die Rolle wie rasend ab und entglitt Peters Händen.

„Was bedeutet das?“ Peter blickte erschrocken zu Yum. „Jetzt haben wir gar nichts mehr in den Händen, und wenn Xixli irgendwo festhängt, kann er uns nicht einmal ein Zeichen signalisieren!“

„Bitte sei still!“ entgegnete Yum. „Ich will mich konzentrieren.“ Yum lehnte seine Stirne an die kalte Wand, spreizte seine Finger und formte mit beiden Handflächen einen Trichter. Als ob er etwas suche, richtete er die gekrümmten Handflächen wie eine Antenne in verschiedene Sektoren des unterirdischen Raumes. Plötzlich hörten die Bewegungen der Hände auf. Schweißperlen rannen über Yums Stirne. Wie vom elektrischen Strom getroffen, zuckte er unversehens am ganzen Körper und kippte unsanft zu Boden. Erschrocken kniete Peter augenblicklich neben den ohnmächtig gewordenen Yum, fühlte rasch den Puls und hörte den Atem ab. Mit seiner Taschenlampe zündete er auf Yums Gesicht. Es war fahl und kalt, doch das Herz schlug und auch die vorher keuchenden Atemzüge normalisierten sich. Yum öffnete die Augen und versuchte ein verzerrtes Lächeln. Stockend kam es von seinen Lippen:

„Ich habe dies zum ersten Male versucht. Ich wußte, daß unsere Priester es können. Jetzt ist alles gut. Xixli ist drüben."

Einer spontanen Gefühlsaufwallung folgend drückte Peter Yums Kopf an seine Brust:

„W-o ist Xixli? Wo <drüben>? Yum, bitte, rede!"

„Er ... er ist im Opferteich. Gesund!"

„J-e-t-z-t oder in der Vergangenheit?" Peter flüsterte die Worte direkt in Yums Ohr.

„Heute – jetzt!" keuchte Yum und brachte schon wieder ein Lächeln über seine Lippen: „Wir müssen gehen, er braucht uns!"

Peter half Yum auf die Beine, drückte ihm eine Lampe in die Hand und begann den Rückweg durch den engen, ansteigenden Schacht. Als sie schon fast die Jaguargrotte erreicht hatten, kam ihnen von der anderen Seite José Miguel entgegen:

„Er ist da!" schrie er und seine Stimme überschlug sich, das Echo dröhnte von den Schachtwänden. „Er ist da! Michael hat das Zeichen gegeben. Wir müssen schnell zum Opferteich!"

So rasch es überhaupt möglich war, hastete die Dreiergruppe aus José Miguel, Peter und Yum keuchend und laut schnaufend die 52 Stufen von der Jaguargrotte bis zur Pyramidenspitze. Unten, auf dem Rasen, sahen sie gerade noch, wie Professor Schaubli über den Platz Richtung Opferteich spurtete. Nie zuvor und nie danach ist Peter derart schnell die steilen Stufen der Kukulkan-Pyramide hinuntergehopst. Es war geradezu lebensgefährlich. Yum folgte ihm behende, nur José Miguel nahm, den Körper der Treppe zugeneigt, eine Stufe nach der anderen. Dann legte Peter einen Sprint hin, jagte wie ein Profi-Fußballer quer über den Platz, direkt auf den schmalen Weg zu, der zum Opferteich führte. Am Rande stand Helga und schrie etwas hinunter. Professor Schaubli knotete eben ein Seilende an einen Baumstamm, und Michael war damit beschäftigt, die beiden Seile fachgerecht zu verknoten. „Herrgott! Das hätte man auch vorher machen können," schimpfte Peter keuchend und blickte endlich über den Teichrand. Unten klammerte sich Xixli mit einer Hand an eine Wurzel, die aus dem Fels herausragte. Er trug immer noch die Sauerstoffmaske, doch sein linker Arm baumelte im Wasser. Peter formte einen Trichter mit den Händen und brüllte in voller Lautstärke:

„Xixli! Halte dich mit beiden Armen fest! Mit b-e-i-d-e-n A-r-m-e-n-!"

Da hob Xixli den zweiten Arm leicht aus dem Wasser. Seine Finger umkrallten etwas wie ein dunkelbraunes Paket, das er offensichtlich unter gar keinen Umständen loslassen wollte. Inzwischen waren die Seilenden zusammengeknotet, Michael dirigierte das Seil in die richtige Position direkt über Xixlis Kopf. Der vollführte eine rasche Handbewegung und krallte sich fest, dann schnellte die zweite Hand mitsamt dem braunen Paket aus der stinkigen Brühe und umklammerte ebenfalls das Seil. Nun war auch José Miguel außer Atem am Rande des Opferteiches angekommen. Langsam begannen die fünf Männer am Seil zu zerren. Xixli seinerseits benahm sich wie ein geübter Alpinist. Mit beiden Beinen stieß er sich ständig von der Felswand ab. Als sein Kopf über den Teichrand blickte, griffen die Männerhände zu, umfaßten seine Arme und Schultern und bugsierten den Körper endgültig aus der Gefahrenzone. Xixli riß sich die Sauerstoffmaske und die Taucherbrille vom Gesicht, atmete tief und blickte gelassen von einem zum andern. Nach einigen Atemstößen sagte er mit einem verlegenen Lächeln:

„Da bin ich wieder!"

Während die Männer ihn aufrichteten und ihm aus dem Taucheranzug halfen, setzte sich Yum auf den Boden und drehte verlegen das braune, nasse Bündel in den Händen, das Xixli aus der Unterwelt mitgebracht hatte. Schließlich kniete und hockte die ganze Gruppe um Yum herum. Der löste mit spitzen Fingern einen ledrigen Knoten nach dem andern.

„Was ist das?" Helga konnte ihre Neugierde nicht mehr beherrschen. „Woher hast du das, Xixli?"

„Correo para nosotros!" (Post für uns!) Xixli lachte. „Irgendwer muß das Paket an Schnüren hinuntergelassen und direkt am Eingang zum unterirdischen Stollen deponiert haben. Es war mit zwei Steinen beschwert ..."

„Ich dachte, wegen den giftigen Gasen könne niemand dort hinuntertauchen?" fragte Helga zweifelnd. Die Antwort kam von Yum:

„Stimmt. Es sei denn, er benutze dieselben gelben Röhrchen, die wir seinerzeit in die Nase stecken mußten! Und wer, meinst du, besitzt diese Röhrchen und weiß Bescheid über ihre Anwendung?"

„Dein Vater!" sagten Peter und José Miguel fast gleichzeitig.

„Aber woher sollte dein Vater wissen, daß Xixli dieses Lederbündel abholt?" erkundigte sich Helga zweifelnd.

„Er wußte, daß ich nicht schwimmen kann, und auch an Körperkräften nicht gesegnet bin", entgegnete Yum. Er wußte zudem, daß wir die Röhrchen, diese Sauerstoffumwandler, besaßen. Als wir nach dem Opfergang nicht auf der Spitze der Kukulkan-Pyramide auftauchten, konnte er sich ausrechnen, daß Xixli versuchen würde, in den Teich zurückzuschwimmen. Nachdem dies *zu seiner Zeit* nicht geschah, muß er geahnt haben, was passierte. Vielleicht kannte er sogar alte Texte, in denen etwas über ähnliche Zeitverschiebungen stand. Mein Vater war ein sehr weiser und logisch denkender Mann."

Helga genügte die Erklärung nicht: „Woher willst du wissen, daß dieses Bündel für euch bestimmt ist? Es könnte doch irgendeine Opfergabe sein, die jemand in den Teich schmiß?"

Yum lächelte nachsichtig. Dann drehte er eine Stelle des Bündels auf Helga zu und meinte, an Xixli gerichtet:

„Sage ihr, weshalb das Bündel für uns bestimmt ist."

„Weil auf dem äußeren Leder die Zeichen unserer beiden Familien eingeritzt sind. Das Zeichen des Priesterclans und dasjenige der Moka aus dem Steinmetzclan. Ich erkannte sie augenblicklich, als mein Helmscheinwerfer darauf fiel. Es war nicht zu übersehen."

„Und wo ist die Fischerschnur, die wir an deinem Rücken festmachten?" erkundigte sich Peter. „Sie rollte auf einmal wie wahnsinnig ab und entglitt meinen Händen."

„Ich weiß es nicht", erwiderte Xixli. „Mich ergriff plötzlich ein starker Sog, gerade so, als würde Flüssigkeit aus einer Flasche herausgesaugt. Alles um mich herum sprudelte wie Mineralwasser. Ich wurde um die eigene Achse gewirbelt und nach vorne geschoben. Nachdem der Spuk vorüber war und ich wieder schwimmen konnte, fehlte die Fischerschnur."

Während Xixli berichtete, entknotete Yum das nasse Lederbündel. Zum Vorschein kam ein zweites Bündel und darunter ein drittes, alle verschnürt wie das erste. Schließlich hielt Yum eine braune, etwa kokosnußgroße, elastische Masse in den Händen. Es war Hartgummi. Yum bat Professor Schaubli um sein Taschenmesser. Dann schnitt er den Klumpen fachgerecht in zwei Teile. Verwirrt blickten alle Anwesenden auf die Gegenstände, die im Abendlicht aus den zwei Hälften schimmerten.

Zuerst zog Yum zwei goldene Ringe hervor. Sie waren fest ineinander gegossen. Auf einem Ring war das Zeichen des

Priesterclans, auf dem anderen dasjenige des Steinmetzclans eingraviert. Dann kamen zwei gelbe Röhrchen zum Vorschein, zwei Sauerstoffumwandler. Schließlich ein mehrfach zusammengefaltetes Stück Leder mit diversen Zeichnungen, die in roter und blauer Farbe aufgepinselt worden waren. Und zuletzt acht wunderbare, große Naturperlen und vier schwere Goldnuggets. Jedes Goldstück hatte die Länge eines Daumens und wog zirka vierhundert Gramm. Insgesamt ein Goldschatz von knapp anderthalb Kilo. Yum und Xixli steckten die Köpfe zusammen und starrten auf das bemalte Stück Leder. Bedächtig erklärte Yum:

„Die ineinander gegossenen Ringe bedeuten unsere Familien. Sie haben sich zusammengetan. Die gelben Röhrchen beweisen den Absender, meinen Vater. Er muß wissen, daß wir diese Röhrchen brauchen können. Er wußte aber auch, daß ich die Maya-Schrift noch nicht gelernt hatte, und dementsprechend mit Maya-Glyphen nichts anfangen kann. Deshalb hat er die Zeichnungen angefertigt. Schaut her: Hier ist der Opferteich eingezeichnet mit dem Gerüst, von dem wir ins Wasser sprangen. Das Gerüst ist durch zwei dicke, rote Striche durchgestrichen. Dies signalisiert das Ende des unsinnigen Opferrituals. Hier ist der unterirdische Gang und die Kukulkan-Pyramide. Mein Vater markierte unseren Weg mit diesem roten Pfeil. Direkt dahinter hat er dieselbe Pyramide nochmals eingezeichnet, doch diesmal zerstört, überwuchert und zum Teil in Ruinen. Er weiß, daß wir in einer Zeit gelandet sind, in welcher die Bauwerke vom Urwald zerfressen sind – also in der Zukunft! Und schließlich die Perlen und Goldstücke. Die sind so etwas wie ein Startkapital für unser Leben in der Zukunft."

Alles schwieg. Xixli preßte die Lippen zusammen, über seine Wangen liefen Tränen. Yum beherrschte sich, drehte das Lederstück auf die andere Seite und sagte tröstend:

„Sieh, Xixli, da ist noch etwas!"

Die Rückseite des Leders zeigte erneut die Kukulkan-Pyramide, doch am Treppenrand der östlichen Seite verlief

Yum erklärte, es handle sich um den herniederfahrenden Gott. Der Priester weihe dem Gott sein Gesicht – die Maske in der Hand (Völkerkundemuseum, Berlin).

ein geschwungenes, goldenes Band von oben bis unten. Vor der Pyramide standen vier Gestalten, die mit den Armen winkten, und dahinter waren unzählige Striche und Punkte angebracht.

„Erkennst du sie?“

Xixli nickte und schluckte. Er konnte sich nicht mehr beherrschen. Als Helga ihn trösten wollte und versuchte, mit einem Taschentuch die Tränen abzuwischen, lachte er zwischen Schluchzen und Weinen:

„Laß das! Ich freue mich so! Es sind Freudentränen! Siehst du denn nicht, daß die vier Gestalten unsere Eltern sind? Sie winken uns zu, sie haben unseren Verlust überwunden. Es geht ihnen wunderbar! Und die vielen Striche und Punkte dahinter symbolisieren unser ganzes Volk. Sie alle wissen, was geschehen ist! Sie haben sich am Tag des lebendigen Beweises vor der Pyramide versammelt. Hier – die goldene Zickzacklinie an der Pyramidentreppe beweist es!“

„Was ist <der Tag des lebendigen Beweises>?“ fragte Peter. „Ihr beide habt mehrmals davon gesprochen, aber wir wissen immer noch nichts darüber.“

Bevor Xixli antworten konnte, packte Yum alle Gegenstände in die beiden Hartgummihälften und erhob sich:

„Es gibt jedes Jahr zwei Tage des lebendigen Beweises. Der 21. März und der 21. September. Frühjahrsbeginn und Herbstbeginn. Am 21. September vor einem Jahr sind wir geopfert worden. Der Jahrestag wiederholt sich morgen. Und morgen zeigen wir euch was geschieht. Wir müssen vor Sonnenaufgang auf dem Platz der Pyramide stehen. Jetzt laßt uns ruhen!“

Es war noch Nacht, als Peter alle Beteiligten weckte. Dann standen sie in der Morgenröte vor der Pyramide. Die Luft war warm und feucht, der Rasen naß. Tropische Vögel zwitscherten und pfiffen in allen Tonlagen, da und dort krähten Hähne, ihre Schreie vermischten sich mit dem <gabede-gabede-gack> von Truthähnen. Yum stellte sich auf einen kleinen, abgeflachten Pyramidenstumpf:

„Unsere Astronomen haben die große Pyramide in einer Weise in die Landschaft gebaut, daß jedes Jahr zu Frühjahrs- und Herbstbeginn ein einzigartiges Schauspiel zu beobachten ist. Am Abend des 21. März strahlt die untergehende Sonne auf die westliche Pyramidenfläche. Je tiefer die Sonne sinkt, um so mehr greifen die Strahlenfinger zur nördlichen Pyramidentreppe hinüber. Bedingt durch die neun Abstufungen der Pyramide entsteht ein Bild von Dreiecken aus Licht und Schatten. Diese Licht- und Schattendreiecke werden exakt auf den Treppenrand geworfen. Nun sinkt die Sonne immer mehr, und aus den Dreiecken bildet sich ein Wellenband, das langsam am Treppenrand hinaufkriecht und sich an der Spitze im kleinen Tempel von Kukulkan entfaltet. Heute, am 21. September, ist das Schauspiel an der gegenüberliegenden Pyramidenfront in umgekehrter Reihenfolge zu bestaunen. Kommt hinüber!"

Es war ein überwältigender Anblick. Bei den ersten Sonnenstrahlen begann der kleine Tempel auf der obersten Pyramidenstufe zu leuchten, das Licht wurde strahlend hell, als ob sich ein Raumschiff auf die Pyramidenspitze senke. Dann bildeten die Sonnenstrahlen einen Lichtfächer, stets begrenzt von den Schattendreiecken, welche durch die neun Abstufungen der Pyramide hervorgerufen wurden. Wie mit einem Laserstrahl eingezeichnet, entstand genau am Treppenrand eine Schlange aus Licht und Schatten, die sich langsam die Treppe hinunterwand, je höher die Sonne stieg. Den Zuschauern stockte der Atem. Die Licht- und Schattenschlange bewegte sich lautlos, Gott Kukulkan stieg graziös die Pyramidentreppe herunter. Unten, bei den letzten Stufen, vereinigte sich der Lichterzauber mit dem steinernen Kopf von Kukulkan. Er leuchtete erst rot, dann gelb auf, und färbte sein Gesicht schließlich in den strahlenden Farben des neuen Tages.

„Unheimlich – gigantisch!" hauchte Peter ehrfürchtig. Yum und Xixli knieten mit hocherhobenen Köpfen am Boden. Helga starrte mit offenem Mund zur Pyramidentreppe, und José-Miguel wischte sich ungläubig über die Stirne. In die Stille tönte der ruhige Bariton von Professor Schaubli:

„Das ist eine Demonstration höchster Geometrie im Dienste der Götter! Ein exzellenter Geniestreich der Maya-Astronomen! Ein in Stein verewigter, lebendiger Beweis. Die Botschaft ist klipp und klar: Gott Kukulkan stieg aus dem Weltall hernieder, verweilte einige Zeit unter den Menschen, unterwies sie, und verließ die Menschen mit dem Versprechen, später wiederzukehren!"

Nachwort des Autors

Yum und Xixli leben heute noch in der Maya-Stadt Chichen Itza in Yukatan, Mexiko. Yum ist Fremdenführer geworden. Ich sah seine schlanke, hochgewachsene Gestalt kürzlich aus einem Pulk von Touristen hinausragen. In farbigen Worten und mit gefühlsbetonter Stimme erklärt er den Gästen die Welt seiner Vorfahren. Die Fachleute bewundern seine gründlichen Kenntnisse über das Leben der Maya. – Xixli blieb Steinmetz. Er wollte es nicht anders. Er renoviert und restauriert verfallene Maya-Skulpturen, steht mit Meißel und Hammer auf wackeligen Gerüsten, und läßt die alten Gesichter und Glyphen in neuer Pracht entstehen. Yum und Xixli wohnen in einem gemeinsamen Haus, das sie sich dank des Startkapitals aus der Vergangenheit leisten konnten. Beide sind inzwischen verheiratet und haben mexikanische Reisepässe erhalten.

Wir alle – Yum, Xixli und ich – werden lebenslange Freunde bleiben.

Bildquellen

Alle Bilder: © Erich von Däniken, CH-3803 Beatenberg.